타
오
르
다

KB033679

타오르다

1판 1쇄 찍음 2015년 7월 29일
1판 1쇄 펴냄 2015년 8월 5일

지은이 | 이서원
펴낸이 | 고운숙
펴낸곳 | 봄 미디어

기획·편집 | 정수경 박혜진

출판등록 | 2014년 08월 25일 (제387-2014-000040호)
주소 | 경기도 부천시 원미구 소향로17, 304(두성프라자) (우)420-864
영업부 | 070-5015-0818 편집부 | 070-5015-0817 팩스 | 032-712-2815
E-mail | bommedia@naver.com
소식창 | http://blog.naver.com/bommedia

값 7,000원

ISBN 979-11-5810-106-0 03810

※파본은 구입하신 서점에서 교환하여 드립니다.

타오르다

blaze

이서원
중편 소설

contents

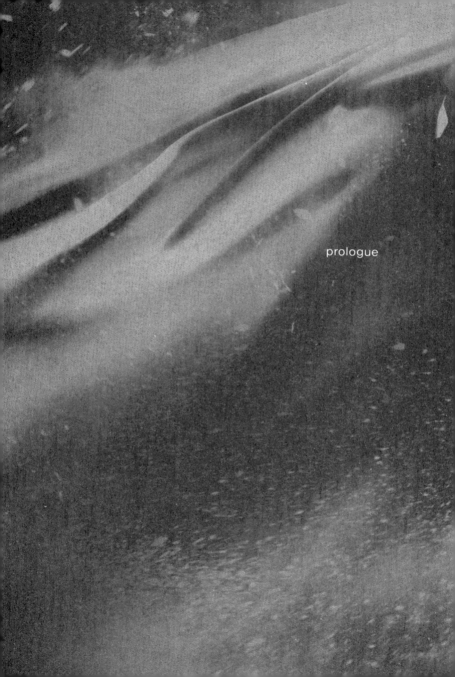

prologue

그가 돌아올 시간이 다가올수록 심장이 두근거리기 시작
했다. 부엌 벽에 걸려 있는 시계를 바라보자 좀 전에 시간을
확인한 뒤로 고작 3분이 지나 있을 뿐이었다. 그는 오늘 일
찍 귀가할 예정이라고 했다.

　평소보다 이른 그의 귀가 시간에 맞추어 저녁 식사를 준
비하는 손놀림은 분주해야 하건만 머릿속에 가득 차 있는
복잡한 생각들이 자꾸만 일을 그르치게 만들었다.

　결국 다 타 버린 찌개 냄비를 비워 내고 설거지를 하며 한
숨을 내쉬고 있는데, 차량이 도착했다는 주차 관제 메시지
가 부엌 벽에 걸린 LCD 스크린에 깜빡거렸다.

지금 당장에 찌개를 다시 끓여 내는 건 불가능한 일이었다. 식재료로 가득한 냉장실 문을 열고 미리 양념에 재워 놓았던 불고기를 꺼내 쿡 탑에 볶음 팬을 올렸다.

불고기를 볶기 위해 유리로 된 밀폐 용기의 뚜껑을 따는 순간, 힘 조절을 잘못한 탓인지 뚜껑과 분리된 그릇이 바닥으로 뚝 떨어졌다. 그릇 안에 담겨 있던 양념이 밴 고깃덩어리가 사방으로 튀어 나갔다.

분수를 모르는 복잡한 마음이 끝 간 데를 모르고 뻗어 나가는 것처럼 불고기 양념이 대리석 바닥 위로 삽시간에 번져 가고 있었다.

"하아."

한숨을 내쉬며 부엌 천장을 바라봤다. 오늘따라 아무 무늬 없는 아이보리색 천장이 야속하기만 했다. 복잡한 무늬라도 있었으면 그 화려함에 시선을 빼앗겨 마음이 좀 가라앉았을 텐데.

"무슨 일이야?"

갑자기 들려온 목소리에 놀라 고개를 돌려 보니, 아일랜드 식탁 위에 브리프 케이스를 올려놓으며 인상을 찌푸리는 그의 모습이 눈에 들어왔다.

주차 관제 메시지가 가끔 시스템 에러로 늦게 도착하는 날이 있는데, 메시지가 도착한 지 얼마 되지 않아 지하 주차장에서 33층 펜트하우스까지 그가 올라온 것을 보면 오늘도 역시 그랬나 보다.

왜 하필 오늘 이러는 걸까. 감정을 추스를 새도 없이 그가 나타나 버렸다. 눈물을 삼키려 고개를 젖히고 있다가 화들짝 놀라 그를 바라보고 말았다.

"오셨어요."

"다친 거야?"

"아, 아니에요. 그릇이 떨어져서……."

그는 양복 상의를 벗어 의자에 걸치고, 한 손으로 넥타이를 풀어 잡아 빼고는 그 위에 올렸다.

"안 다치긴! 다리가 이렇게 됐는데?"

산산조각이 난 유리그릇의 파편이 정강이 곳곳에 박혀 빨간 피가 맺혔다. 다리와 함께 부엌 바닥을 내려다보는 그의 시선이 무섭게 굳어 갔다.

"죄송해요. 얼른 치울게요."

"하아."

커다란 한숨을 내쉬며 아랫입술을 꾹 깨문 그가 두 팔로 날 번쩍 안아 들었다.

"저, 저기."

"저거 치우는 게 중요해? 치료부터 해야 할 거 아냐."

그의 목소리가 딱딱하게 굳어 있는 게 느껴졌다. 원래도 자상하고 상냥한 남자는 아니었다. 그리고 그런 살가움을 요구할 만한 자격도 나에게는 없었다. 오히려 그런 상냥함은 내가 그에게 한없이 베풀어야 하는 것이었다.

카우치 소파 한쪽에 나를 앉히듯 누이며 그가 말했다.

"가만히 있어. 응급 키트 가져올 테니까."

그리 심하게 다친 것도 아니었다. 유리 파편을 떼어 내고 물로 한 번 씻어 내면 될 것을, 그는 무표정한 얼굴로 다그쳤다. 그 다그침으로 울렁이던 마음에 서러운 눈물이 핑 돌고 말았다.

욕실에서 구급상자를 들고 오는 그의 모습이 보였다. 그는 곁으로 다가와 구급상자를 바닥에 내려놓고 내 다리를 이리저리 살피며 한숨을 내쉬었다.

"안 되겠다. 일단 씻자."

또다시 내 의사와 상관없이 그가 나를 번쩍 안아 들었다.

"제가 씻을게요."

그는 대답 없이 안방 욕실 안으로 들어섰다. 눈앞에 보이는 굳어 있는 그의 턱이 꽤 많이 화가 나 있음을 말해 주고 있었다.

커다란 욕조 난간에 기대앉도록 날 내려놓은 그는 샤워기를 들며 한숨을 한 번 더 내쉬었다.

"어쩌다가 이렇게 된 거야?"

"손에서 미끄러져서 그랬어요."

차가운 물줄기가 정강이에 와 닿자 온몸에 소름이 오소소 돋아났다. 그게 꼭 차가운 물의 온도 때문만은 아닌 듯했다.

"다행히 좀 긁힌 정도네."

그리 말한 그는 정강이 서너 군데에 습식 밴드를 조각조각 잘게 잘라 붙여 주었다.

"됐다. 벗어."

"네?"

나의 되물음에 짜증 난다는 식의 반응이 되돌아왔다.

"스커트 벗으라고."

고압적인 말투와 묘한 분위기에 숨이 턱 막혔다.

"벗겨 줘?"

"왜, 왜요? 치료는 이 정도면……."

스커트를 내려다보니 어떻게 허벅지까지 튀었는지 얼룩덜룩 불고기 양념이 묻어 있었다.

"거참, 말 안 듣네."

딱딱해졌던 얼굴을 풀며 그가 장난기 어린 미소를 머금고 샤워 부스 안으로 나를 이끌었다. 사방이 유리로 막힌 곳으로 들어서자 심장박동 수가 치솟기 시작했다. 좁은 공간에 마주 선 탓인지 묘한 분위기에 숨이 가빠 왔다.

커다란 그의 손이 허리춤에 닿았고 지지직거리며 지퍼가 내려가는 소리가 들려왔다. 허리를 꽉 조이고 있던 스커트가 대리석 타일 바닥 위로 맥없이 흘러내렸다. 그는 몸을 숙여 내 발목을 잡아 들고는 스커트 자락을 빼냈다.

"많이 다치진 않아서 다행이네."

"그래서 제가 한다고⋯⋯!"

말을 이으려던 순간 그의 손놀림에 말문이 턱 막히고 말았다. 정강이를 어루만지던 커다란 그의 손이 허벅지를 타고 올라와 엉덩이를 움켜잡았다. 그러더니 순식간에 팬티가 아래로 휙 내려갔다. 그와 동시에 그의 입술이 치골근을 따라 움직이기 시작했다.

"하앗!"

그의 손이 뜨거워진 내 아랫배를 매만지며 점점 위로 올라오는 게 느껴졌다.

"저기, 식사부터."

"배 안 고파."

낮게 쉬어 있는 그의 목소리가 어느새 김이 차오른 샤워 부스 안 끈적끈적한 공기 중으로 흩어졌다. 내 얇은 실크 블라우스를 위로 벗겨 내며 그가 몸을 일으켜 세웠다. 내려다보는 시선에 온몸이 녹아내릴 듯했다.

차오르는 숨을 고르며 가슴을 들썩이자, 그의 시선이 젖무덤으로 옮겨졌다. 그는 능숙한 솜씨로 브래지어 훅을 풀고는 목덜미에 얼굴을 묻었다. 뜨거운 숨결이 살갗에 흩어지자 오소소 소름이 돋아났다.

그가 또다시 매혹적인 목소리로 속삭였다.

"손 좀 줘 봐."

"어느 쪽이요?"

"두 손 다."

목덜미에 머물던 뜨거운 호흡이 멀어지자 타오르는 시선이 느껴졌다. 가만히 그의 가슴께로 두 손을 내밀자, 그가 압박붕대를 들어 보이며 야릇한 미소를 지었다.

"지금 이게……?"

그 미소에 사로잡혀 있는 사이 그가 내 두 손목을 그러모아 붕대로 칭칭 감아 버렸다. 이루 말할 수 없는 긴장감에 숨이 턱 막혀 왔다.

"이 손이 당신 다리를 그렇게 만들었다는 거잖아, 지금."

"그래도!"

더 이상 말을 이을 수 없었다. 말을 잇기 위해 벌어져 있던 입안으로 말캉한 혀가 넘어 들어오는 게 느껴졌기 때문이다. 뜨거운 혀가 뒤섞이고 난 후에는 서로의 타액을 마시는 움직임이 거침없이 이어지기 시작했다.

어느새 익숙해져 버린 육체적 관계에 몸은 순식간에 격

렬하게 달아올랐고, 머릿속은 하얗게 비어 갔다. 등허리를 안고 있던 그의 손이 스르륵 풀어지는 게 느껴졌다. 뜨겁게 달라붙어 있던 몸이 떨어지는 것이 아쉬워 얼른 그의 목에 팔을 감아 매달렸다. 그러자 맞닿아 있는 입술 끝에서 그의 미소가 느껴졌다.

"옷 좀 벗자."

입술을 떼어 낸 그의 말에 나는 살짝 고개를 끄덕였다.

그가 바지 버클을 풀기 위해 손을 내렸다. 나는 손목이 묶인 채로 그의 드레스 셔츠 단추를 풀기 시작했다. 일곱 개 남짓한 단추를 풀고 셔츠 깃을 단단한 어깨 너머로 휙 넘기자 힘겨운 그의 숨소리가 들려왔다.

그는 어깨에 걸쳐져 있는 드레스 셔츠를 벗어 던지고 숨을 크게 몰아쉬었다. 단단하게 잡혀 있는 그의 가슴근육이 들썩이자 배꼽 아래가 뜨겁게 달아올라 버렸다. 바지와 드로즈를 함께 벗어 버린 그가 한 걸음 앞으로 다가왔다.

불끈거리는 그의 남성이 배꼽 근처를 두드렸다. 내가 애타는 숨결을 절로 터트리자 그의 입술이 다시금 다가왔다.

뜨거운 입김과 함께 넘어오는 타액을 받아 마시는 동안, 그의 단단한 가슴에 나의 말캉한 가슴이 닿아 부드럽게 뭉개졌다. 야물게 굳어 버린 유두 끝에 그의 매끈한 살갗이 닿자 목울대에서 신음이 터져 나왔다.

"음."

그가 허리를 살짝 비틀자 배 위에서 남성이 이리저리 비벼졌다. 참을 수 없는 자극에 발꿈치를 들며 한쪽 다리를 그의 단단한 허벅지에 휘감았다.

"뭐가 이렇게 급해?"

낮게 가라앉은 그의 목소리가 욕실 안을 울렸다.

"어서 안아 줘요."

"침실 말고 다른 곳에서 이러는 거 별로 안 좋아하잖아."

마음 없이 몸을 내어 주는 여자라 여겨지고 싶지 않아서였는지도 모른다. 그래서 언제나 침실에서 진득한 분위기가 잡혀야만 이 남자의 품에 안겼었다.

그리 쉽게 몸을 내어 준 것이 절대 아니라고 말하고 싶은 것처럼. 이렇게 모든 걸 내어 준 이는 당신밖에 없다고 말하고 싶은 것처럼. 그렇게 말이다.

그런데 이제 와서 그런 게 다 무슨 소용일까 싶었다. 온 마음을 다한다 한들 그의 마음이 나에게 향할 리 없다는 것을 알아 버렸으니, 이제 어떻게 되든 상관없다는 생각이 들었다.

그와의 관계는 진지해질 수도, 아늑해질 수도 없다는 것을 새삼 깨닫고 난 뒤, 난 다시 본연의 역할에 충실해야겠다고 마음먹었다. 그와 사랑을 나누는 존재는 될 수 없으니 그저 주어진 역할에만 충실하면 되는 거라고.

하지만 차가운 생각과 뜨거운 가슴 간의 괴리감은 참으로 야속하기만 했다. 그 괴리감이 빚어 낸 혼란은 평소 같지 않은 갈급함을 만들었다.

"상관없어요. 그냥 안아 줘요."

말이 떨어짐과 동시에 그는 내 손목에서 너덜거리는 붕대 자락을 천장에 매달려 있는 샤워기에 묶어 버렸다. 그가 일부러 붕대를 한껏 잡아당긴 탓에 상체가 위로 들려 한쪽 다리를 바닥에 겨우 디딜 수 있었다.

중심을 잡고자 그의 허벅지를 감은 다리에 힘이 들어갔다. 손이 묶인 채로 그의 몸에 위태롭게 매달려 있는 상태가 되고 말았다.

한마디로 정의할 수 없는 감정에 두 눈을 꾹 감으며 차오르는 숨을 몰아쉬었다. 그러자 커다란 손이 엉덩이를 받쳐 들며 바닥에 닿아 있는 한쪽 다리마저 그의 몸에 감게 했다.

어느새 뜨겁게 녹아 있는 음습한 곳으로 단단한 물건이 치고 들어왔다. 익숙해져 버린 쾌감과 그에 더해진 기대감이 섞여 쉰 소리가 터져 나왔다.

"흐응."

그가 코끝으로 내 목선을 따라 움직이며 숨을 들이마시는가 싶더니 허리를 튕겨 대기 시작했다. 터질 듯 채웠다가 질

내벽을 훑고 내려가는 움직임에 신음이 끊임없이 흘러나왔다. 어느 부분을 찌르고 긁어내려야 하는지 정확히 알고 있다는 듯 그의 움직임은 단호했다.

그 단호한 움직임에 절정은 어느새 성큼 다가와 있었다. 배 속은 소용돌이가 치듯 오그라들었고, 무릎 뒤는 간질거렸다. 허공에 떠 있는 발가락이 말려들어 가기 시작하자 허리를 타고 올라온 쾌감이 뒷목까지 뻐근하게 전해졌다.

미끄러질까 봐 그의 허리를 감싸고 있는 허벅지에 힘을 주었다. 그와 동시에 질 내벽이 수축하는 게 느껴졌다.

"하앗!"

내 신음 소리와 동시에 그의 입에서도 그르렁거리는 소리가 터져 나왔다. 격하게 움직이던 허리 운동이 멈추자 몸 안에서 불끈거리며 왈칵 뜨거운 기운을 쏟아 내는 움직임이 느껴졌다.

그의 모든 것을 쥐어짜서라도 받아 내겠다는 듯 말캉하고 부드러운 살이 남성을 아물아물 물고 있었다.

"하아."

뜨거운 그의 숨결이 목덜미에서 느껴졌다. 커다란 한숨을 내쉰 그는 빙긋이 미소를 지으며 수전을 돌렸다.

"앗!"

천장에 달린 샤워기에서 물줄기가 후드득 떨어졌다. 차

가운 물의 온도는 금세 따뜻하게 변해 갔다.

"이제 손 풀어 줘요."

"싫어."

"안고 싶어요."

"참아."

흐르는 물줄기를 사이에 두고 짙은 입맞춤이 시작되었다. 머리 위에서 흘러내리는 물줄기에 저절로 두 눈이 감겼다. 뜨겁게 달아올라 예민해진 살갗을 타고 물줄기가 흘러내리자 한차례의 정사로 가라앉았던 갈급함이 또다시 고개를 들었다. 여전히 몸 한구석을 차지하고 있는 그의 존재도 다시 그 몸집을 부풀리고 있었다.

젖은 머리칼에도 아랑곳하지 않고 둘은 커다란 침대 한가운데에 몸을 누였다. 욕실에서 두 번의 뒤섞임이 있었음에도 그의 움직임은 농밀했다.

방 안을 울리는 커다란 신음 소리, 철벅거리며 몸이 부딪치는 소리, 침대 시트 위에서 몸이 쓸리는 소리가 울려 퍼졌다.

어수선한 간극 따위는 의미 없는 것이 되어 버릴 만큼 그의 품 안은 따뜻하고 아늑하기만 했다. 폭풍같이 휘몰아치던 관계가 끝나고 난 뒤 숨을 고르며 등을 돌리고 눕자 그의 팔이 어깨를 휘감았다.

"등 보이지 마."

커다란 침대의 왼쪽을 사용하는 나는 괜한 핑계를 댔다.

"오른쪽 어깨가 아파서 그쪽으론 못 눕겠어요."

"그럼 자리를 바꾸면 되잖아."

벌떡 몸을 일으킨 그는 날 자신의 자리로 옮기고는 내가 누워 있던 자리에 다시 몸을 뉘였다. 그의 베개에 머리가 닿자 두근거리는 향기가 코끝에 감돌았다. 등을 보이지 말라던 그는 단단한 품 안에 나의 작은 몸을 가두듯 끌어안았다.

"내일 오빠 병원에 다녀오려고요."

"내일 퇴원하신다고 했나?"

"네."

짧은 대답과 동시에 그의 입술이 이마에 닿는 게 느껴졌다.

"강 실장이랑 같이 가. 알아서 처리해 줄 거야."

고맙다는 말이 나오지 않았다. 그런 말이 필요 없는 관계였으니 말이다.

chapter 1

체리 맛 사탕 하나

"오빠, 나 닭똥집 튀긴 거 먹고 싶어."

—너 정말! 오늘은 언제 퇴근해?

"헤헤. 이따 야간 조에 인수인계하고 집에 가면 8시 되겠다. 오늘 배달 많아?"

—오지게 많다. 축구 국가 대표 평가전 있는 날이잖아.

"아, 맞다. 이런 날엔 치킨 많이 먹지."

너스 스테이션 안쪽 작은 회의실에 앉아 퉁퉁 부은 발목을 조몰락거리며 하나뿐인 오빠에게 한껏 어리광을 부리고 있는 중이었다.

엄마는 날 낳자마자 못 살겠다며 집을 나가 버렸다고 했고, 아버지는 술과 여생을 함께하시다 내가 중학교에 들어가던 해 간경변증으로 돌아가셨다.

나와 열 살이나 나이 차이가 나는 오빠는 당시 스물네 살이었고, 제대하자마자 사춘기 여동생의 부모 노릇을 하기 시작했다.

그땐 왜 그렇게 말썽을 부렸는지, 학부모 참관 수업 때 오빠가 오는 게 싫어 학교를 그만두겠다고 떼를 썼던 일도 있었다.

막노동부터 시작해서 온갖 힘든 일을 다 해 가며 번 돈으로 날 가르치고, 부족함 없이 자랐으면 싶어 적지 않은 용돈을 건네던 오빠였다.

그렇게 반항기 어린 사춘기를 보내던 어느 날, 12평 남짓한 임대 아파트 거실 바닥에 쭈그리고 잠들어 있는 오빠의 모습을 본 적이 있었다.

공사장 먼지가 뽀얗게 내려앉은 국방색 점퍼를 벗지도 못한 채 잠이 들어 있는 오빠가 안쓰러워 깨우려는데 거친 손이 눈에 들어왔다. 아주 어릴 적 오빠의 손은 무엇이든 만들어 내는 만능 손이었다. 그림도 무척이나 잘 그려서 내 미술 숙제는 언제나 오빠의 몫이었다.

그랬던 손이 때가 타고 거칠어져 있었다. 손톱은 공사장에서 쓰이는 재료들의 독성 때문인지 누렇게 변해서는 두껍

게 일어난 상태였다. 마치 무좀 광고 속 발톱처럼 말이다.

곤히 잠든 오빠의 손을 잡지도 못하고 한참을 소리 죽여 울었다. 오빠는 언제나 나에게 입버릇처럼 말했다.

"험한 일은 오빠가 다 하면 돼. 넌 그냥 고운 일만 하면서 살 아."

부모도 없고 단칸방과 다를 바 없는 낡아 빠진 임대 아파트에 살면서 고운 인생을 살라는 것이 말이나 되는 소리인가 싶었다. 헛소리를 한다며 콧방귀를 뀌고 오빠가 하는 말을 귀담아 듣지 않았었다.

그런데 오빠는 그 말을 지키기 위해 노력했다. 임대 아파트 월세를 누가 내고 있는지, 누구 덕분에 잘 다려진 교복을 입을 수 있는지, 누가 사 준 브랜드 운동화를 신고 친구들 사이에서 주눅이 들지 않았는지.

마치 그동안 전혀 몰랐던 사실이 새로 생겨난 것처럼 깨달음이 자리를 잡았다.

'그렇게 고생만 하다가 몸이라도 아프면 어쩌려고.'

아주 단순한 생각에서 시작되었다. 혹여 오빠가 아프면

내가 돌봐 줘야지 하는 생각. 그렇게 간호학과에 입학했고, 지난 2월 졸업과 함께 국시에 합격한 나는 종합병원에서 일한 지 오늘로 딱 3개월 차에 접어들고 있었다.

그리고 그렇게나 열심히 일하던 오빠는 두 달 전에 치킨 가게를 오픈했다. 한 달 전에는 새언니를 쏙 빼닮은 딸내미도 얻었고.

"우리 뿌꼬 보고 싶다."

—그렇게 부르지 말라니까. 이제 은솔이라는 예쁜 이름도 있는데.

"태명이 입에 붙어서 안 떨어져. 근데 진짜 왜 태명이 뿌꼬인지 말 안 해 줄 거야?"

—이따 퇴근해서 들어올 때 조카 물티슈 한 박스 사 갖고 오면 말해 줄게.

"아오, 알았다! 하나밖에 없는 조카한테 그런 것도 못 해 줄까 봐?"

통화를 마치고 난 뒤 슬며시 미소를 지었다. 남들이 평생 겪을 고통을 우린 아주 어릴 적에 한꺼번에 겪은 거란 생각이 들었다.

말은 하지 않았지만 이제는 고통 없이 남들보다 더 행복하기만 할 거라는 강한 믿음이 가슴속에 자리 잡고 있었다.

✿   ✿   ✿

야간 조에 인수인계를 하는 회의 시간, 너스 스테이션 밖에서 누군가가 나를 다급하게 부르는 소리가 들려왔다.

"심오르 간호사님 계십니까?"

"지금 회의 중인데요, 무슨 일이시죠?"

수간호사의 되물음에 응급 구조 요원으로 보이는 남자가 회의실 문 앞에 서서 심상한 목소리로 대답했다.

"잠시 실례하겠습니다. 응급실로 함께 가 주시겠습니까?"

수간호사는 의아한 표정을 지으면서 고갯짓으로 나에게 따라가 보라 했다. 나 역시 의아하기는 마찬가지였다.

병동 간호사가 응급실에 내려갈 일이 대체 뭐가 있을까. 인력이 부족해서 지원 요청을 하는 거라면 굳이 날 콕 집어서 데리고 갈 이유가 없었다. 그것도 병원 관계자가 아닌 구조 요원이 말이다.

"무슨 일이시죠?"

"가서 말씀드릴게요."

응급실에 다다르자 내내 조용하던 구조 요원이 입을 열었다.

"심오담 씨 동생분 맞으시죠?"

"네, 그런데요. 왜요?"

그는 오빠 지갑 안에 있는 내 증명사진을 보았다고 했다. 간호사복을 입고 찍은 사진이어서 응급실 의료진에게 물었는데 마침 응급실 간호사 중 내 동기였던 이가 나를 알아봤다고.

"오빠 지갑을 왜 보셨는데요?"

목소리가 의지와 다르게 파르르 떨렸다. 불길한 기운을 떨치려 나는 두 주먹을 꽉 움켜쥐었다.

"일단 수술 동의서에 사인부터 해 주셔야 할 것 같습니다."

어느새 다가온 의사는 침착하고 냉정한 얼굴로 내 앞에 수술 동의서를 내밀었다. 보호자에게 연민의 감정이나 동정의 얼굴 따위는 드러내면 안 된다는 것을 나도 잘 알고 있었다. 그런데 직접 당하니 착잡하고 답답한 심정을 가눌 길이 없었다.

"뭔데요, 대체. 오빠한테 무슨 일이 생긴 건가요?"

"교통사고가 났습니다. 응급수술에 들어가야 하니 동의서에 사인부터 부탁드립니다."

떨리는 손으로 수술 동의서에 사인을 하고 나니 의사가 오빠의 상태를 설명하기 시작했다.

두 다리가 부러졌다고, 갈비뼈가 내장을 찌르고 들어가

파열되었다고, 헬멧을 쓴 덕분에 목숨은 건졌지만 두개골 손상이 의심된다고.

사고는 뜻하지 않은 순간에 일어나는 것이라지만 이건 해도 너무한 것이 아닌가 하는 생각이 들었다. 이제 겨우 먹고 살 걱정은 안 해도 될 만큼 살 만해졌는데. 이제 우리도 남들처럼 잘살 수 있지 않을까 하고 조심스레 장밋빛 미래를 꿈꾸고 있었는데.

바로 수술실로 옮겨진 탓에 오빠의 얼굴조차 볼 수 없었다. 수술실 밖을 환히 밝히고 있는 LCD 화면에는 '환자 심오담 수술 중'이라는 믿기지 않는 문구가 깜박거렸다.

"제발, 오빠 제발……."

살면서 남에게 피해를 준 적도 없을뿐더러 누군가에게 원망을 산 적도 없는 오빠였다. 없이 살아도 사람 도리는 해야 된다며 늘 선하게 살라고 말하던 사람이었는데.

망연히 수술실 문을 바라보고 있을 때였다. 주머니 속 휴대전화가 부르르 진동했다. 전화를 건 이는 새언니였다.

"네, 언니."

ᅳ아가씨, 이 사람 배달 간 지 한참 됐는데 연락이 없어서요. 전화도 안 받고. 혹시 연락돼요? 배달 밀렸는데 큰일이네.

숨이 턱 막혀 왔다. 새언니의 등에 업혀서 울고 있는지 칭

얼거리는 조카의 울음소리도 들려왔다. 일단 새언니를 안심시키고 병원으로 오게 하는 게 먼저라고 생각했다.

"저, 언니. 오빠 배달하다가 작은 사고가 났대요. 저희 병원으로 왔는데 혼자 집에 가긴 무리일 것 같아요. 잠깐 오실래요?"

—세상에! 그러게 배달 알바를 따로 쓰자고 해도 말을 안 듣더니. 알았어요. 그럼 친정에 은솔이 맡기고 바로 갈게요.

타박을 했지만 새언니의 목소리에서는 걱정이 뚝뚝 묻어나고 있었다. 이 순간 오빠를 걱정하는 이가 한 명 더 있다는 사실에 안도감이 몰려왔다.

수술이 한 시간쯤 진행되었을 때, 새언니가 병원 로비에 도착했다며 전화를 걸어 왔다. 재빨리 눈물을 닦아 내기는 했지만 퉁퉁 부은 빨간 얼굴까지는 감출 수 없었다.

"아가씨……. 얼굴이 왜 그래? 우리 그이는?"

대답 없이 고개를 휘젓자 새언니의 호흡이 가빠지기 시작했다.

"우리 그이 어디 있어? 왜, 어떻게 됐는데. 무슨 일인데, 대체!"

생전 얼굴 한 번 붉힌 적 없었던 새언니가 빽 하고 소리를 지르며 바닥에 주저앉았다. 새언니에게 오빠의 상태를 설명하는 동안 내 목소리는 이상하리만큼 담담했다. 멍하니 이야기를 듣던 새언니는 마치 타인의 이야기를 늘어놓는 것 같은 덤덤한 모습의 나를 바라봤다.

"거짓말이지, 아가씨? 지금 나 놀리는 거지?"

슬쩍 고개를 흔들자 뺨을 타고 굵은 눈물방울이 주르륵 흘러내렸다. 순식간에 바닥에 주저앉아 있던 새언니의 상체가 뒤로 넘어가며 그대로 정신을 잃고 말았다.

내 뒷바라지를 했던 오빠와 긴긴 연애를 하며 불평 한 번 하지 않던 새언니였다. 본인도 넉넉하지 못한 형편에서 어렵게 자랐다며 나를 여동생처럼 살뜰히 챙겨 주었다.

그렇게 든든하던 이들이 내 앞에서 무너져 내리고 말았다. 수술대에 올라 있는 오빠와 그런 오빠의 상태를 마주하고 혼절해 버린 새언니. 맨정신에 상황을 수습해야 하는 사람은 나 하나밖에 없었다.

응급실에 새언니를 옮겨 놓고 난 뒤, 나는 수술 상황을 살피기 위해 다시 수술실 앞으로 향했다.

"심오르 씨?"

"네, 그런데요?"

수술실 앞을 서성이던 경찰이 나를 보며 안타까운 얼굴을 내비쳤다.

"심오담 씨 교통사고 담당자입니다."

복잡한 8차선 도로에서 일어난 교통사고라 했다. 사고가 워낙 크게 나서 도로 수습을 하는 데에도 시간이 꽤 걸렸다고.

"상대 차량 운전자는요?"

"다행히 상대편 운전자는 크게 다치지 않았습니다. 다만……."

경찰의 표정이 어둡게 변해 갔다. 잠시 후, 오토바이 책임보험으로는 절대 배상할 수 없는 어마어마한 차량 수리비가 그의 입에서 흘러나왔다.

"얼마요?"

"대략적인 금액이기는 합니다만."

차 수리 비용이 5억 정도가 나올 것이라고 했다. 50도 아니고, 500도 아니고, 수리비가 5억이나 되는 차가 대체 무엇인지 감조차 잡을 수 없었다.

"크게 다치지는 않았지만 상대 차 운전자도 입원을 한 상태고, 블랙박스 확인 결과 상대 차량 운전자 과실이 20%, 심오담 씨의 과실이 80%인 것으로 판단되었습니다."

합의금을 준비하라는 말인 듯했다. 당장 오빠의 병원비도 빠듯한 판국에 이런 어마어마한 합의금은 참으로 현실성 없었다.

"중과실에 의한 교통사고는 아니어서 합의만 원만하게 이루어진다면 문제는 없을 것 같습니다."

엎친 데 덮친 격으로 순식간에 일어난 일들 때문에 정신이 멍해졌다. 경찰이 돌아간 뒤, 나는 차가운 병원 복도 바닥에 털썩 주저앉았다. 평생 손에 쥐어 보지도 못할 돈을 어디서 구해야 할지 막막했다.

세상에 믿을 만한 사람이라고는 수술실에 있는 오빠와 정신을 잃고 쓰러진 새언니뿐이었다. 게다가 오빠가 가진 거라고는 대출을 받아 차린 치킨 가게와 그 가게 안쪽에 딸린 작은 방의 보증금이 전부였다. 나에게도 가게에 보태 주기 위해 빌렸던 대출금이 떡하니 버티고 있었다.

갑자기 막막한 세상과 버거운 현실이, 말도 안 되는 돈의 무게가 어깨를 짓누르기 시작했다.

❖   ❖   ❖

사고가 있은 뒤 닷새가 흘러가고 있었다. 수술이 잘되었다고는 했지만 오빠는 여전히 의식을 찾지 못하고 중환자실에 누워 있는 상태였다.

망연자실한 새언니에게는 결국 합의금에 대한 말은 입도 뻥긋하지 못했다.

가슴이 답답해졌다. 지난 2월, 대학 졸업식에서 내 학사모를 써 보며 자랑스럽게 미소 짓던 오빠가 떠올랐다.

"우리 오르가 오빠의 한을 풀었네."

공부를 꽤 잘했던 오빠는 장학금으로 학비를 내고 아르바이트비로 용돈을 충당하며 대학 2학년까지는 마쳤다. 하지만 아버지가 돌아가시는 바람에 복학은 결국 하지 못했다.

"우리 집안에서 대졸자 한 명 나왔다! 대단한데?"

오빠가 나 대신 대학을 나왔어야 했는지도 몰랐다. 사람은 궁지에 몰렸을 때 앞으로 나아가지 못하고, 과거만 돌아보게 되나 보다. 주는 것 없이 받기만 했던 지난날이 자꾸만 떠올랐다.

오빠를 위해 무언가를 하고 싶은데 뭘 어떻게 해야 할지 몰라 가슴이 갑갑해져 왔다.

늦은 밤, 병동을 둘러보고 와 텅 비어 있는 너스 스테이션 의자에 앉았다. 그때 안쪽에서 누군가의 목소리가 들려왔다.

"저희 사장님께서 병원에 기부하는 금액도 만만치 않지

않습니까. 사장님이 어려운 일 겪으셨을 때, 선생님께서 담당 간호사로 돌봐 주시기도 했고요."

"그래도 그런 일은 어렵습니다."

낯익은 간호 과장의 목소리가 이어졌다.

"원하시는 조건은 전부 들어줄 수 있습니다. 다만 그 간호사의 능력과 신분 또한 보장되어야 하기에 이렇게 찾아온 겁니다. 저희 사장님 사정 잘 아시지 않습니까."

"그런 일을 할 수 있는 간호사는 없습니다. 기혼은 당연히 안 되는 일이고, 미혼이어도 그게 가당키나 한 일인가요? 저한테 제 사람 팔라는 것과 마찬가지인 일입니다."

원하는 조건 전부를 들어준다고?

"부탁드립니다. 마땅한 사람이 있는지 꼭 좀 찾아봐 주십시오."

"저는 못 들은 걸로 하겠습니다. 그럼 살펴 가세요."

가족을 지킬 수 있는 일이라면 나는 무엇이든 할 수 있었다. 오빠의 목숨과 가족의 안위에 알량한 내 자존심 따위는 아무것도 아니었다.

소리가 나지 않도록 조심스레 자리에서 일어나 드문드문 불이 꺼져 있는 복도로 걸어갔다.

잠시 후, 너스 스테이션에서 나온 한 남자가 앞을 스쳐 지나갔다. 병원 공식 후원 행사에서 몇 번 그의 얼굴을 본 적이 있었다. 어느 기업 오너의 비서라고 했던가, 임원이라고 했던가.

"저기요!"

"네?"

바삐 움직이던 걸음을 멈추고 남자가 돌아섰다. 조용한 복도 안, 말소리가 새어 나가는 것이 두려워 나는 남자의 앞으로 천천히 걸어갔다.

"방금 전에 간호 과장님한테 원하는 조건은 전부 들어 준다고 하셨죠? 그게 엄청난 금전적인 요구여도 가능한가요?"

남자는 고개를 갸웃하고는 나를 위아래로 살폈다.

"근무 중이십니까?"

"네."

"그럼, 퇴근 후에 뵙도록 하겠습니다."

나에게 명함을 건넨 뒤 그는 깍듯이 인사를 하고 돌아섰다. 그의 구두 소리가 복도를 울릴 때마다 나의 심장박동 수도 치솟아 올랐다.

❀   ❀   ❀

강 실장이라 불리는 사람이 건넨 계약서에 서명을 하니

통장으로 합의금과 병원비가 입금되었다. 그리고 월급이 따로 지급될 것이라는 말도 들었다.

병원에는 개인적인 일로 그만두게 됐다는 핑계를 댔고, 새언니에게는 월급을 더 많이 주는 병원으로 옮기게 됐다고 말했다. 여전히 오빠는 의식 없이 중환자실에 누워 있었다.

나에게 이런 엄청난 금액의 돈을 한꺼번에 입금해 준 남자는 금융회사를 이끄는 젊은 사장이라고 했다.

극심한 스트레스로 잠을 못 이룬 지 여러 달이 되어 그의 건강 상태가 회사 경영에 악영향을 미칠 것을 우려해 개인 간호사를 고용한 것이라고.

영양을 고려한 식단과 때에 맞춘 적절한 약 복용, 그리고 그의 수면을 돕는 게 나에게 주어진 임무였다.

계약에 관해서는 사장이 아닌 자신과 상의하면 된다며 강 실장은 사장의 사생활에 대한 비밀 유지와 계약 기간 엄수를 비롯한 수십 가지의 조건을 내밀었다. 이 중 한 가지라도 어길 시에는 계약 위반으로 엄청난 손해배상을 하게 될 것이라는 조항도 있었다.

가슴이 갑갑해지는 것 같아 숨을 한 번 크게 몰아쉬었다. 주어진 임무에 충실하고 계약 조건을 잘 지키기만 하면 되는 일이었다. 하루에 수십 명의 환자와 환자 가족들을 상대하는 일보다 훨씬 수월할 것이라 생각됐다. 계약 기간인 6개월 안에 오빠의 상태가 호전되기만 하면 되는 것이다.

복잡하게 얽힌 일을 단순하게 정의 내리니 아주 조금 숨 통이 트이는 것 같았다. 두려워할 필요는 없었다. 내게 주어진 일만 처리하면 될 뿐.

강 실장의 문자메시지에 의하면 그는 저녁 9시쯤 퇴근해 집에 도착한다고 했다. 저녁은 회사에서 먹으니 간단한 야식을 준비해 두면 좋을 것이라고 알려 주었다.

취침 전 그가 복용해야 하는 약을 챙긴 뒤 크림 스프를 끓이고 있을 때였다. 차량이 도착했다는 메시지가 어디선가 울렸다. 그의 차가 아파트 주차장에 도착했다는 의미인 듯 했다. 긴장감에 목이 바싹 말라 왔다.

그가 현관문을 열기까지의 10분 남짓한 시간이 억겁처럼 느껴졌다.

잠금장치가 해제되는 알림음과 함께 현관문이 열렸다. 문을 열고 들어선 그는 중문 앞에 선 나를 보고 고개를 갸우뚱 기울였다. 노골적으로 위에서 아래로 훑는 그의 시선이 묘했다.

"강 실장, 기어코!"

내가 집에 있을 거라고 예상하지 못한 듯 그가 입술을 씰룩이며 읊조렸다. 나는 애써 태연한 척 인사를 건넸다.

"안녕하세요. 오늘부터 개인 간호사로 고용된 심오르입

니다."

"고용? 댁을 고용한 게 대체 누구지?"

처음 보는 사이임에도 그의 입에선 고압적인 말투가 흘러나왔다. 금융사를 운용하는 사장이라는 말을 들어서 그런지 강 실장이 내민 사진으로 봤을 때는 신뢰감이 느껴지는 반듯하고 잘생긴 얼굴이라고 생각했었다. 그런데 지금 마주한 얼굴은 피곤함이 가득한, 서늘한 얼굴일 뿐이었다.

"강 실장님께 일을 제의받았습니다."

그가 한 걸음 성큼 다가오는 바람에 나는 얼른 중문 옆으로 비켜설 수밖에 없었다. 그가 거침없이 안으로 들어섰다.

"간호대 수석 졸업이라고?"

나를 모르고 있을 거라는 예상은 보기 좋게 빗나갔다. 그는 이미 나의 이력을 훑어본 듯했다.

"네, 종합병원에서 3개월 동안 일했습니다."

"그럼, 똑똑한 사람이니 잘 알겠네. 이 자리가 얼마나 위험한 자리인지."

부엌으로 걸음을 옮긴 그가 투명한 유리잔에 얼음을 담으며 말했다.

"주어진 일에 최선을 다할 뿐입니다."

"그렇게 최선을 다하다가 어떻게 될지는 생각 안 해 봤나?"

그는 계속해서 모호한 뜻의 말만 내뱉었다.

"사장님의 개인 간호 업무를 맡았다고 해서 제가 쥐도 새도 모르게 죽기라도 한다는 말인가요?"

나의 되물음에 그는 어이없다는 듯 웃음을 흘리며 유리잔에 암갈색 액체를 채우기 시작했다. 그 모습에 나는 그의 곁으로 한 걸음 다가섰다.

"취침 전에 약을 복용하셔야 합니다. 알코올 섭취는 삼가시는 게 좋습니다."

내가 컵을 빼앗으려고 하자 그는 보란 듯이 유리잔을 든 손을 높이 들어 올렸다. 180cm가 훨씬 넘어 보이는 그의 키에 비해 내 키는 162cm밖에 되지 않았다. 그러니 그의 손끝에 내 손이 닿을 리 만무했다. 그가 고개를 갸웃하며 비웃었다.

"왜? 뺏어 보지."

손을 뻗어 가까이 다가선 탓에 그의 숨결이 뺨 언저리에서 느껴졌다. 나는 괜히 헛기침을 하며 뒤로 물러섰다. 그의 입가에 술잔이 닿을 때 재빨리 빼앗을 생각이었다. 그런데 술잔을 든 그의 손이 내 머리 위로 움직였다.

잠시 후, 차가운 암갈색 액체가 머리 위로 쏟아지는 게 느껴졌다. 그는 한쪽 입꼬리를 올린 채 웃고 있었다.

"얼마나 버티는지 두고 보지."

그는 유리잔을 아일랜드 식탁 위에 탁 소리가 나도록 내려놓고는 내 어깨를 밀치며 부엌을 나섰다.

독한 알코올 냄새가 코끝을 찔렀고, 아이보리색 블라우스가 암갈색으로 물들어 갔다. 울컥 울음이 차올랐다. 오빠 생각에 침을 꿀꺽 삼키며 애써 울음을 가라앉혔다. 어쨌든 그가 알코올을 입에 대는 일은 막았으니 그것으로 됐다며 스스로를 다독였다.

술과 얼음이 튄 부엌 바닥을 정리하는 동안, 침실에 있는 욕실에서 물소리가 들려왔다. 청소를 마친 나도 거실에 위치한 화장실에서 대강 몸을 씻어 내고 옷을 갈아입었다. 빠르게 씻으려고 노력했는데 욕실을 나서니 소파에 기대앉아 랩톱을 무릎 위에 놓고 키보드를 두드리고 있는 그가 보였다.

시계를 보니 밤 9시 반이었다. 10시 이전에 반드시 복용해야 하는 약이 있었기에 나는 은 트레이 위에 약과 물 잔을 올리고는 그에게 다가갔다.

"약 드셔야 할 시간입니다."

그는 대꾸도 하지 않고 모니터에 고정한 시선을 움직이지 않았다.

"10시 이전에는 반드시 드셔야 하는 약입니다."

"그래?"

모르고 있었던 사실이라는 듯 그가 과장되게 미간을 찌

푸리며 물었다.

"네."

"먹기 싫은데."

"그래도 드셔야……."

"그럼 한번 먹여 봐."

팔짱을 끼고 고개를 비스듬히 기울인 그가 모니터에 고정되어 있던 시선을 나에게로 옮겨 왔다.

"네?"

"당신 일이 나한테 약을 먹여야 하는 거잖아. 한번 먹여 보라고."

유리 테이블에 트레이를 올리고는 약봉지를 뜯어 물 잔과 함께 그에게 내밀었다.

"거참, 시시하네. 직접 먹여 봐."

"어떻게……."

"당신 입으로. 그럼 쓴 약도 꽤 달콤할 것 같은데."

야릇한 미소를 흘리며 짓궂은 말을 하는 그의 얼굴은 이상하리만치 매혹적이었다. 나의 다음 행동을 기다리고 있다는 듯 그가 왼쪽 눈썹을 치켜 올렸다가 내렸다. 턱 끝은 이 싸움에서 절대 지지 않겠다는 듯 오만하게 들려 있었다.

그에게 시선을 고정한 채로 나는 알약 두 알을 입술에 물었다. 어금니가 꽉 맞물렸다. 애써 떠올리지 않으려 했던 계

약서 속 문구가 머릿속을 어지럽히고 있었다. 그가 원할 경우
엔 육체적 관계도 응해야 한다고 했던 조항. 심박동 수가 불
규칙하게 치솟아 올랐다.

그가 앉아 있는 소파에 무릎을 대고 얼굴을 기울이자 삐
뚜름한 미소가 걸려 있던 그의 얼굴이 삽시간에 굳어지는
게 눈에 들어왔다. 입술을 가까이 가져가려 하자 그가 랩톱
을 옆으로 내려놓으며 자리에서 벌떡 일어섰다.

"새 약 가져와."

허공에 시선을 고정한 채 서 있는 그의 목덜미는 새빨갛
게 달아올라 있었다. 말을 거칠게 할 뿐 그 역시 이 상황에
적응을 하지 못해 반항하는 거라는 생각이 들었다. 마치 열
네 살 사춘기 소년처럼 말이다.

나는 입에 물고 있던 약을 트레이 위에 똑 소리가 나도록
떨어뜨렸다. 그리고 보란 듯이 약상자에서 새 약봉지를 꺼내
내밀었다. 그가 군말 없이 두 개의 알약을 집어삼켰다.

"일이 산더미인데. 이 약을 먹으면 또 곯아떨어져 버릴
텐데."

약을 먹었으니 칭찬해 달라는 사춘기 소년처럼 그는 딱
딱하게 굴었다. 나는 그에게 새끼손톱만 한 크기의 체리 맛
사탕을 내밀었다.

"이게 뭐야?"

"키스만큼은 아니지만 이것도 꽤 달콤합니다. 약이 쓰다고 하셔서요."

그가 나에게 KO패를 당한 듯한 표정을 지었다. 어이없어하던 그는 이내 내 손바닥 위에 있는 사탕을 집어 입안에 털어 넣고는 우적우적 씹어 먹었다.

사탕을 천천히 녹여 먹으면 오랜 사랑을 하는 이고, 우적우적 씹어 먹으면 사랑을 금방 끝내는 이라는 우스갯소리를 어디선가 들은 적이 있다.

이 남자의 사랑은 둘 다 아닐 것 같았다. 그 누구도 사랑할 수 없을 만큼 오만방자한 사람인 듯 보이니 말이다.

잠자리에 들기 전, 그는 거실에서의 패배를 만회하려는 듯 또다시 짓궂게 굴었다.

"나랑 같은 방에서 잘 거면 침대는 왜 따로 쓰지? 이 침대, 나 혼자 쓰기엔 너무 넓다고 생각되지 않아?"

그가 사용하는 킹사이즈 침대 옆에 놓인 아담한 침대가 내 잠자리였다. 침대에 비스듬히 몸을 누인 그가 하는 말에 나는 깍듯하게 대꾸했다.

"저는 이쪽 침대를 사용하는 것으로도 충분합니다. 물론 사장님께서 원하신다면 잠자리를 그쪽으로 옮길 수도 있습니다."

내 목소리에는 고저도, 그 어떤 뉘앙스도 담겨 있지 않았다. 그저 사실을 전달하는 것뿐이라는 건조한 태도였다.

내가 이토록 뻔뻔할 수 있는 사람이었나 싶었다. 절박해지면 무슨 일이든 할 수 있다는 말은 거짓이 아닌 듯했다.

그는 대답 없이 이불 속으로 파고들어 갔다. 생각보다 위험하고 힘든 일은 아닐 것 같아서. 말은 짓궂게 해도 그가 그리 나쁜 사람은 아닌 것 같아서. 나를 함부로 대하는 일은 없을 것 같아서 안심이 되었다. 긴장한 탓에 잠이 오지 않을 법도 하건만 나는 아주 편안히 잠이 들었다.

깊은 밤, 바로 옆에서 들려오는 비명 소리에 화들짝 놀라 침대에서 몸을 일으켰다. 손을 뻗어 그의 침대와 내 침대 사이에 놓인 협탁 등을 켜자 그의 일그러진 얼굴이 눈에 들어왔다.

그는 온몸이 경직된 상태로 비명을 지르고 있었다. 끔찍한 일을 목전에 둔 사람처럼 인상을 잔뜩 찡그린 채 두려움에 떨면서.

"사장님! 사장님! 일어나세요!"

나는 급하게 그의 몸을 흔들어 깨웠다. 그가 크게 숨을 들이마시며 번쩍 눈을 떴다. 잠시 허공을 향해 있던 그의 시선이 나에게로 움직였다. 검은 눈동자 가득 의미를 알 수 없는 두려움이 어려 있었다.

그 두려움은 곧 내가 누군지 가늠해 보는 의뭉스러운 눈빛으로 바뀌었다. 그러다 금세 다시 안도감 어린 눈빛으로 돌아왔다.

"물 한 잔만."

"여기요."

협탁 위에 자리끼로 준비해 두었던 이온 음료를 건네자 그가 몸을 일으켜 단숨에 500ml 음료 한 병을 비워 냈다. 그의 두근거리는 심장 소리가 귓가에 들리는 듯했다. 아니, 정확히 말하면 그 둥둥거리는 소리는 내 심장 소리였다.

"됐어. 이제 자."

"잠드실 때까지 곁에 있겠습니다."

"그러든지."

그는 다시 베개에 머리를 대며 깊게 숨을 들이마셨다가 내쉬었다. 가슴까지 이불을 덮어 준 나는 그의 심장 가까이에 손을 올리고 토닥거리기 시작했다. 서너 번쯤 두드렸을 때였다.

"아예 자장가도 부르지?"

"정말 불러 드릴까요?"

그가 피식 웃으며 말했다.

"제법이네. 술 들이부었을 때 도망갈 줄 알았는데."

"그런 일로 도망갈 거였으면 시작도 안 했습니다."

"손."

"네?"

그는 배 위에 올려놓았던 자신의 오른손을 내 쪽으로 들어 보였다.

"차라리 손을 잡아 달라고. 애처럼 다독이지 말고."

'애처럼 굴어서 다독였다'는 농담은 나중에 좀 더 서로를 알게 된 후에 해 주기로 하고, 나는 손을 뻗어 그의 커다란 손을 잡아 주었다. 그의 손바닥은 땀으로 흥건하게 젖어 있었다.

술을 들이부어서라도 내쫓으려 했던 여자의 손을 잡은 남자와, 가족을 위한 일이라며 자신을 내던진 여자.

우리 두 사람의 절박함이 묘한 조화를 이루며 따사로이 맞닿은 손안에 녹아들었다.

❄   ❄   ❄

귓가에 두근대는 심장 소리가 들려왔다. 슬며시 눈을 떠 보니 날이 밝았는지 방 안이 환해져 있었다. 그 순간 내가 누워 있는 곳이 아담한 침대의 바삭거리는 면 시트 위가 아닌, 누군가의 가슴 위라는 것을 깨달았다.

오른손을 그의 가슴 한가운데에 올린 채 그의 몸에 다리를 휘감고 있는 모양새였다. 상황 판단을 하며 대체 어떻게 일어나야 하는지 고민하고 있던 그때, 귓가를 울리던 심장 소리의 주인공이 말을 걸었다.

"일어났으면 좀 비키지?"

숨소리를 죽이고 그저 눈만 깜빡거리고 있었는데 내가 깨어난 걸 눈치챈 모양이었다.

"일어나셨어요?"

"진작에."

"깨우시지."

"너무 곤히 자서."

머리를 기댄 가슴에서 잠이 덜 깬 그의 목소리가 낮게 울렸다. 곤히 자서 깨우지 못했다는 말을 들으니 얼굴에 미소가 번져 갔다.

"안 일어날 거야?"

정신을 차리지 못하고 어물거리는 사이 그의 목소리가 이어졌다.

"지금 포지션이 상당히 위험하다는 생각은 안 드나 보지?"

"네?"

그의 허벅지 언저리에 올려져 있는 무릎 옆쪽에서 단단한 무언가가 까닥거리는 게 느껴졌다. 나는 은근슬쩍 그의 몸 위에서 다리를 치우며 침대 아래로 내려와 발을 딛고 섰다.

"아침 식사 준비하겠습니다."

허둥지둥 침실을 빠져나오는 내 뒤로 피식거리는 웃음소리가 들려왔다. 온몸의 털이 쭈뼛 서는 기분이었다.

대충 세안을 마친 뒤, 나는 이상하게 두근거리는 심장을 가라앉히려고 노력하며 부엌으로 향했다. 강 실장이 건넨 그의 생활 습관 기록표에 따르면, 그는 아침 식사를 아주 간단하게 먹었다.

사과 한 개와 그래놀라, 유당 분해 우유, 그리고 아침에 복용해야 하는 비타민 몇 알이 내가 그를 위해 준비해야 할 아침 식단의 전부였다.

사과를 깎기 위해 과도를 집어 들었을 때였다. 머리카락의 물기를 수건으로 털어 내며 그가 다가왔다. 그는 내 손에 들린, 마치 백설 공주가 한입 베어 물 것만 같이 생긴 새빨간 홍옥을 빼앗아 가며 말했다.

"깎지 마. 사과는 통째로 먹으니까."

"네, 그럴게요."

사과를 크게 베어 문 그가 고개를 갸웃하며 물었다.

"손잡아 달랬지, 누가 덮치랬어?"

투명한 유리잔에 우유를 따르다 말고 내가 흠칫 놀라자, 그가 '푸흐흐' 하고 바람 빠지는 소리를 내며 웃었다. 그 순간 오늘 새벽에 있었던 일들이 머릿속을 주마등처럼 스치고 지나갔다.

그의 손을 꼭 잡고 있다가 꾸벅꾸벅 졸았던 일. 그러다 침대에 팔을 괴고 잠이 든 일. 바닥에 주저앉아 침대에 머리를 기대고 있는 나를 그가 침대 위로 끌어 올린 일!

고개를 돌려 그의 얼굴을 바라봤다. 그러자 그는 삐뚜름한 얼굴로 할 말 있으면 해 보라는 식의 표정을 지었다.

아침부터 사춘기 소년 같은 그와 괜한 말씨름을 하고 싶지 않아서. 아니, 정확히 말하자면 내가 전적으로 불리하다는 걸 알기에 입을 꾹 다물었다. 어쨌든 방금 전 침실에서의 그림은 내가 그를 덮치고 있었던 모양새였으니.

"누가 날 덮치고 있는 바람에 늦었어. 아침은 준비하지 마."

사과를 먹으며 그가 드레스 룸으로 걸어갔다. 얄미운 인간. 이럴 때는 고맙다는 말이 먼저 나와야 정상인 거 아닌가 싶었다. 끔찍한 악몽에서 깨어나게 해 줬건만 오히려 덮쳤다는 죄를 나에게 뒤집어씌우며 음흉하게 굴었다.

그러나 무엇이 되었든 그는 나를 생지옥에서 구원해 준 은인이었다.

그때, 은인의 목소리가 저 멀리서 들려왔다. 70평 남짓한 집 안에 그의 목소리가 쩌렁쩌렁 울렸다.

"잠깐 이리 와 봐."

"네, 가요."

종종걸음으로 드레스 룸으로 달려갔다. 그는 4단 서랍장 위에 걸터앉은 채 넥타이 하나를 손에 들고 묘한 표정을 짓고 있었다.

"무슨 일로……."

그가 대뜸 내 쪽으로 넥타이를 내밀었다.

"매 봐."

"네?"

넥타이를 들고 어정쩡하게 서 있었더니 그의 짜증 섞인 목소리가 들려왔다.

"늦었어. 빨리해."

"네, 네."

재빨리 대답한 나는 그의 드레스 셔츠 위로 넥타이를 매기 시작했다.

'엑스 자로 교차해서 한 바퀴 돌리고. 반대로도 돌리고. 이렇게 감싸면…….'

언젠가 오빠가 소개팅에 나간다고 했을 때 어설픈 솜씨로 넥타이를 매 줬던 게 문득 생각나 바보같이 서글퍼졌다.

그런 나의 얼굴을 그는 유심히 들여다보고 있었다. 아무 말 없이 바라보는 그의 눈길에 손끝이 떨리고, 심장이 두근거렸다. 오빠가 아닌, 그렇다고 환자도 아닌 남자와 이렇게 가까이에 서 있는 건 처음이었다.

정정해야겠다. 눈앞에 있는 이 남자도 환자였다. 환자를 보고 이상한 마음을 품으면 안 되건만, 말도 안 되는 계약으로 그를 돌봐야 하는 처지건만, 심장은 눈치도 없이 두근거리는 박자를 더해 가고 있었다.

생소한 상황이어서 그런 거다. 남자와 일대일로 이렇게 가까이 지낸 적은 오빠 말고는 없었으니 말이다. 그리고 이렇게 허우대 멀쩡하고 잘생긴 남자의 시선을 한 몸에 받고 있는 상황에서 떨리지 않는 게 더 이상한 일일지도 모른다며 스스로 마음을 다잡았다.

우여곡절 끝에 넥타이 매듭을 마무리 짓기는 했는데 그 모양이 참 가관이었다.

"다 되긴 했는데……."

그는 커다란 전신 거울 앞에 서서는 고개를 이리저리 돌렸다. 꼭 남성복 화보 모델이 거울 앞에 서서 옷매무새를 만지는 것 같았다.

"됐네."

"네? 아니, 넥타이 매는 연습을 좀 해 둘게요. 오늘은 직접 매고 가시는 게 좋을 것 같아요."

성큼 다가가서 어설프게 맨 넥타이를 풀려는데 그가 상

체를 슬쩍 비틀며 삐뚜름한 목소리로 말했다.

"싫은데?"

불퉁스럽게 튀어나온 넥타이 매듭을 한 번 스윽 어루만지더니 양복 재킷과 브리프 케이스를 든 그가 드레스 룸을 나섰다.

'일부러 저런다.'

딱 반항하는 사춘기 소년의 모습이었다. 뻔히 내가 곤란해할 것을 알면서 시키고, 그 이상한 결과를 즐기는 치기 어린 모습. 입술이 저절로 씰룩거려졌다.

그때, 현관 앞에서 구두에 발을 끼우던 그가 말했다.

"평상시엔 풀 윈저 노트, 니트 타이를 맬 땐 하프 윈저 노트, 캐주얼한 자리엔 크로스 노트. 이 세 가지를 번갈아 사용하니까 연습하려면 제대로 해 놔."

"네?"

노트, 노트, 노트. 노트 소리만 반복해서 들은 기분이었다. 저게 공책을 의미하는 말은 아닐 거다. 눈을 가늘게 뜨고 무언가를 생각하는 나의 멍한 표정을 읽은 걸까? 그의 설명이 이어졌다.

"당신이 방금 매 준 이게 풀 윈저 노트야."

"아, 네."

얼른 고개를 끄덕이며 대답하자 그가 피시식 웃으며 현

관을 나섰다.

　잘 다녀오란 인사를 해야 하나, 말아야 하나 하는 고민이
든 순간 현관문이 닫혔다. 그러자 그동안 참고 있었던 한숨
이 터지듯 새어 나왔다.

　"어휴."

　돌봄이 필요한 사람이라기에 아프고 무기력할 것이라고만
생각했었다. 그런데 그는 어디로 튈지 모르는 질풍노도의 시
기를 겪고 있는 듯 보였다. 어젯밤에는 나에게 KO패를 맞은
얼굴을 하더니, 오늘 아침에는 날 손바닥 위에 올려놓고 갖고
놀고 있었다.

　이렇게 물러 터지게 굴면 안 된다는 생각에 어금니를 꽉
깨물었다. 원저 노트인지, 원저 공책인지부터 손에 익혀야겠
다는 생각을 하며 그의 드레스 룸으로 발걸음을 옮겼다.

　아까 그가 앉아 있던 서랍장 제일 위의 서랍을 열자 계단
식으로 된 서랍 세 개가 드르륵 딸려 나왔다. 서랍에는 질감,
색상, 두께별로 넥타이가 가지런히 정리되어 있었다.

　그중 가장 무난해 보이는 남색 넥타이를 옷걸이에 건 뒤 열
심히 매듭을 잡아 보았다. 스마트 폰으로 검색해 봤더니 넥타
이 매듭을 매는 방법에 따라 그 이름이 다르다고 했다. 평소
손끝이 야물다는 소리를 제법 듣는 편이어서 그런지 서너 번
만에 그럴싸한 매듭을 만들 수 있었다.

문득 아침에 매 준 그 이상하고 커다랬던 매듭이 생각났다.

"전화번호가 어디 있더라?"

강 실장이 건넸던 기록표를 뒤적여 개인적인 용도로만 사용한다던 그의 휴대전화 번호를 찾았다. 뭐라고 해야 하나 고민하다 시계를 보니 벌써 점심때여서 약을 핑계 삼아 문자를 보냈다.

〈점심 식사는 하셨나요? 식후 30분, 약 복용하셔야 합니다.〉
〈누구지?〉

짧은 문자에서 그의 거만한 말투가 느껴졌다.

〈심오르입니다.〉

띵동. 휴대전화 알림음과 동시에 사진 한 장이 도착했다. 맙소사! 어젯밤 내가 했던 행동을 그대로 재연한 듯 알약 두 개를 입에 물고 빙긋이 웃는 사진을 그가 보내왔다. 더 기가 막힌 건 눈에 확 들어오는 그의 넥타이 매듭이었다.

아니, 대체 왜 저걸 고쳐 매지 않았을까.

사진 아래에는 그의 짧은 문자메시지가 이어져 있었다.

〈체리 맛 사탕이 없어.〉
〈그럼 물을 많이 드세요.〉
〈배은망덕하네.〉
〈네?〉

배은망덕이라니. 갑자기 툭 튀어나온 그의 말이 참으로 모호했다.

〈이쪽에서 사진을 보냈으면, 그쪽도 보내야 할 거 아냐. 약이 너무 써. 체리 맛 사탕도 없고. 당장에 키스를 못 해 줄 것 같으면 좀 야릇한 사진이라도 보내 봐. 속살이 보이는.〉

기막힌 문자메시지에 헛웃음이 흘러나왔다. 나는 보란 듯이 혀를 내밀고 한 장의 사진을 찍었다.

〈제 속살 중에 가장 자신 있는 부분입니다.〉

사진을 전송한 지 1분쯤 지났을까, 휴대전화가 요란하게 울리기 시작했다. 발신인은 당연히 그 사람이었다.
"네, 전화 받았습니다."
그는 말없이 깔깔거리며 웃고 있었다. 이 남자가 우울증이라고? 조울증이 아니라?

사춘기 소년 같은 철없는 모습에 미간을 찌푸렸다. 그러자 수화기 너머 웃음소리가 멈추더니 새삼 진지한 그의 목소리가 들려왔다.

─오랜만에 웃었네. 계속 그렇게 해. 아주 좋아.

그리고 그는 일방적으로 전화를 뚝 끊어 버렸다.

환자는 환자구나 싶었다. 씁쓸한 표정을 지으려 노력했지만 얼굴에는 묘한 미소가 떠오르고 있었다. 고용주에게 처음 칭찬을 들은 뿌듯함 때문이라 여기며 장난스러운 표정을 짓고 있는 그의 사진을 한 번 더 들여다봤다. 어쩐지 그가 밉지 않았다.

❀   ❀   ❀

금요일 저녁, 그는 모처럼 만에 일찍 퇴근할 예정이라며 문자를 보내왔다. 항상 9시가 지나서야 귀가하던 그가 오늘은 불금이라도 보낼 생각인 건지 6시가 조금 넘은 시각에 현관문을 열고 들어왔다. 이제는 제법 모양이 잡힌 풀 윈저 노트의 넥타이를 매고 말이다.

"오셨어요?"

신발을 벗고, 나에게 가방을 건네고, 넥타이를 풀고, 샤워 후 갈아입을 옷을 챙기러 드레스 룸으로 향하는 그의 귀가 시퀀스가 또 이어질 거라고 예상했다. 그런데 오늘은 그의 손에 기이한 물건이 하나 들려 있었다.

설마 꽃? 향긋한 내음이 밀려오는 것으로 보아 생화가 분명했다. 그는 가방과 함께 새빨간 장미가 족히 50송이는 되어 보이는 꽃다발을 내게 내밀었다.

"서재 앞 복도, 회색 액자 밑 콘솔에 크리스털 화병이 있을 거야. 거기에 꽂아 놔."

"네, 그럴게요."

화려한 장미꽃과 근사한 꽃향기와는 달리 아주 무심하고 차가운 목소리로 그가 명령하듯 말했다. 꽃으로 인해 잠시나마 화사해졌던 마음이 사그라지는 순간이었다.

저녁 밥상은 이미 식탁 위에 차려 놓았기에 나는 꽃을 꽂기 위해 서재 앞 복도로 향했다. 그곳에는 무엇을 그린 것인지 의미를 알 수 없는 추상화가 걸려 있었다. 그리고 그 아래에는 오랜 세월을 보낸 것 같은 콘솔과 크리스털 화병이 놓여 있었다.

각기 다른 물건이지만 그것들이 풍기는 분위기가 비슷할 때가 있다. 회색 액자와 콘솔, 그리고 화병이 바로 그러했다. 화병에 물을 채우고 그곳에 잘 정돈된 장미꽃을 꽂자 분위기가 한층 더 무르익었다.

하지만 그 분위기는 모던하고 깔끔한 이 남자의 취향과는 상당히 요원했다.

그림 액자에 꽃을 바치는 듯한 묘한 분위기. 화병에 몇 송이의 장미꽃이 들어가야 딱 맞는지 이미 알고 있었던 듯 빈틈없이 꽃대와 아귀가 딱 맞는 모양새.

한참 동안 그 정물들의 어우러짐을 바라보고 있는데 언제 다가왔는지 그의 목소리가 바로 옆에서 들렸다.

"뭐해. 저녁 안 먹나?"

"아, 네. 가요."

내가 부엌으로 향하려고 하자 뒤에 서 있던 그는 아기의 뺨을 어루만지듯 조심스럽게 장미꽃 한 송이를 보듬었다. 그 모습에 심장이 쿵 하고 울렸다.

딱딱하고, 무심하고, 제멋대로인 그가 섬세하게 꽃잎을 어루만지며 감상에 잠긴 모습은 상당히 애잔했고, 또 상당히 근사하기도 했다.

이런 감정을 일종의 모성애라고 봐야 할까. 강인한 겉모습과 달리 매일 밤 악몽에 시달리며 괴로워하고 손을 잡아 주며 괜찮다 말해야 겨우 다시 잠을 이루는 그의 애잔한 모습은 나의 보호 본능을 충분히 자극하고 있었다.

아픔이든 슬픔이든 그의 마음을 어루만져 주고 싶다는 데에 생각이 이르자 내가 하고 있는 일에 대한 명분이 제대로 서는 것 같은 기분이 들었다.

돈 때문에 시작한 일에 명분이 생기자 마음이 한결 가벼워졌다. 이렇게 내려진 결론이 일종의 자기 위안일지라도.

밥공기와 국 대접을 나란히 놓고 유리잔에 물을 따르고 있는데 그가 젖은 머리칼을 털어 내며 다가왔다.

"왜 내 것만 있지?"

"전 나중에 따로 먹겠……."

"같이 먹지?"

미간을 슬며시 찌푸리며 내뱉은 그의 말에 나는 긍정의 대답을 내놓을 수밖에 없었다.

"네."

순간 그의 눈빛에 어린 공허함을 채워 주고 싶어졌기 때문이었다.

식사를 하는 내내 그는 아무런 말도 하지 않았다. 내가 먼저 말을 걸어야 하나 싶어서 그를 바라봤지만 그는 조용히 밥이나 먹으라는 듯 나와 시선을 마주하지 않았다.

먼저 식사를 마친 그는 휴대전화를 확인하며 인상을 찌푸렸다. 그리고 곧장 자리에서 일어나 거실 소파로 향했다. 내가 설거지를 하고 부엌을 정리하는 동안, 그는 회사 일을 처리하는 듯했다.

저렇게 바쁜 일과가 악몽의 원인일까. 과일과 라벤더 차를 거실 테이블에 올려놓자 그는 무심한 시선을 내게 잠시 주더니 다시 랩톱으로 시선을 옮겼다.

"약은 좀 이따 드셔도 될 것 같아서 과일이랑 차 내왔어요."

"응."

멋대가리 없는 짧은 대답에 일부러 나는 그의 옆에 다가가 앉았다. 일을 하고 있는 줄 알았는데 그는 인터넷 포털 사이트를 띄워 놓고 멍하니 기사를 읽고 있었다. 아까운 금요일 밤, 뭘 해야 할지 몰라 시간을 죽이고 있는 게 훤히 보였다.

"영화 보실래요?"

"뭐?"

"금요일 밤이잖아요. 보니까 사장님 댁에 홈시어터 시스템이 끝내주더라고요. 저거 뱅앤올룹슨인가. 그거 맞죠?"

"응."

고개를 끄덕이는 그의 얼굴에 어렴풋이 미소가 어렸다. 무언가를 함께해 주겠다는 것에 대한 일말의 반가움이 담긴 표정이었다.

"보고 싶은 영화 있어요?"

"알아서 보고 싶은 거 골라."

"네!"

IPTV 리모컨을 이리저리 누르다 내가 고른 영화는 '언터처블:1%의 우정'이었다. 그는 무릎에 올려 두었던 랩톱을 테이블 위로 올리고는 기지개를 켠 뒤 소파에 몸을 깊숙이 기대앉았다. 너무 가까이 붙어 앉았나 싶을 정도로 그의 무게감에 내 등마저 소파 등받이로 푸욱 꺼지는 기분이었다.

영화 속 개인 간호사의 등장 장면을 보며 그가 껄껄 웃기 시작했다. 한참을 기분 좋게 웃은 그가 나를 바라보며 물었다.

"이 영화 뭐야?"

"그게 그러니까."

"말해 봐."

"사장님과 우정 정도는 나눌 수 있다는 거죠. 영화 속의 저 둘처럼."

"우정 말고 다른 건 나눌 생각 없고?"

순간 계약서 조항에 있던 '육체적 관계'라는 다소 끈적끈적한 단어가 머릿속을 스치고 지나갔다. 얼굴이 화르르 달아올라 버렸다. 그런데 오히려 나의 반응에 그가 더 당황해했다.

"뭐야, 재미없게. 이번엔 어떻게 받아치나 했더니. 영화나 보자고."

그는 괜한 헛기침을 해 대며 자세를 고쳐 앉고는 스크린으로 시선을 옮겼다. 심장이 콩닥콩닥거렸다.

우정 말고 다른 거? 그가 원한다면 난 응당히 그 관계를 맺어야 했다. 진심이 아니어도, 사랑이 없어도.

짧은 시간 함께했을 뿐인데 그에게 나의 진심을 전해 주고 싶다는 생각이 들었다. 어떻게 나의 진심을 전달해야 될지는 아직 모르겠지만.

영화가 중반부를 넘어가자 이따금 말을 걸어오던 그가 조용해졌다.

풀썩 그의 머리가 내 어깨 위로 떨어졌다. 수면 유도제를 먹지 않고도 잠이 든 그의 모습에 뿌듯함이 몰려오려던 찰나였다.

어깨 위에 머물던 무게감이 가벼워지며 귓가에서 따스한 숨결이 느껴졌다.

"저기, 들어가서 주무……."

슬쩍 고개를 돌리자 그윽한 눈동자가 나를 바라보고 있는 것이 보였다.

잠기운이 가득한 그의 눈은 몽롱하다 못해 뇌쇄적인 분위기마저 풍겼다. 그가 내뱉는 숨결이 나의 코끝과 인중, 그리고 입술 근처를 맴돌았다.

다분히 도발적이었다. 살짝 벌어진 그의 입술은 머금어 보고 싶을 만큼 붉었다.

그에게 시선이 옭아매진 채 꿈쩍도 하지 못하고 두근거리는 심장 소리를 삼키고 있을 때였다. 그의 입술이 천천히 다가왔다.

그 순간 나는 깨달았다. 내가 그에게 전달해 주고 싶은 진심이 무엇인지.

chapter 2

음흉한 송이 씨

천천히 그의 얼굴이 다가오는 게 느껴졌다. 눈을 감은 것
도 아니고, 뜬 것도 아닌 애매한 상황. 가늘게 접어 뜬 눈꺼
풀 사이로 숨이 턱 막히도록 매혹적인 그의 얼굴을 감상했
다.

　그의 날카로운 코끝이 나의 콧등에 부드럽게 닿았다. 그
는 코끝으로 콧등 위를 애무하듯 매끄럽게 오르내리며 더운
숨을 내뱉었다. 그리고는 무언가를 망설이는 듯 그저 내 입
술 주변을 배회하기만 했다.

　달콤한 그의 숨결에 취해 정신이 몽롱해졌다. 마치 자석
의 N극과 S극이 일정 거리를 두고 자기력의 영향 범위를 시

험해 보는 것처럼 그는 입술 사이에 손가락 한 마디만큼의
거리를 둔 채 더 이상 다가오지 않았다.

코끝이 몇 번 부딪쳤다. 나는 그의 자기장 안에 완벽히
갇혀 버린 듯했다. 강력한 자기력선에 이끌리듯 그만 내가
먼저 입술을 갖다 대 버리고 말았다.

말캉하고 부드럽게 입술이 부딪치는 순간, 고압 전류라
도 흐르는 듯 찌릿찌릿함을 느꼈다. 그다음엔 어떻게 해야
할지 몰라 그저 그 상태로 가만히 있었다. 그러자 그의 입술
언저리가 호선을 그리며 빰을 타고 오르는 게 느껴졌다.

그 느낌에 정신이 번쩍 든 나는 얼른 입술을 떼어 냈다.
엄청난 자기장에서 갑자기 맥없이 풀려난 기분이었다. 뜨겁
게 날 끌어당기던 무언가가 갑자기 식어 버린 듯한 느낌에
미간이 슬쩍 찌푸려졌다.

"죄송해요."

대뜸 사과의 말이 튀어나왔다.

"죄송하면 다야?"

그의 목소리가 낮게 가라앉았다. 평소에도 낮고 깊게 울
리던 그의 목소리가 지금은 온몸에 소름이 오소소 돋아날
정도로 음산해져 있었다.

"책임을 져야 할 거 아니야. 본인이 저지른 일에."

나 혼자 저지른 일도 아닌데 그는 모호하게 책임을 전가

하며 속삭였다. 그래, 이 일은 계약과 상관없이 내가 선택한 것이었다.

"책임질게요."

말이 끝나기 무섭게 그의 입술이 내 입술에 닿았다. 어린 아이에게나 할 법한 미숙했던 나의 입맞춤과 달리 그의 키스는 무척이나 야했다. 침범해 온 그의 혀가 입안 구석구석을 핥아 냈다. 그는 목이 꺾이다 못해 저절로 소파 위에 몸이 누여질 만큼 나를 몰아붙였다.

넓은 소파에 등을 대고 눕자 그의 몸이 내 위로 겹쳐졌다. 숨결의 전부를 앗아 갈 것처럼 거세게 빨아들이는 그의 움직임에 심장이 터질 것 같았다.

그런 내 심장을 어루만지려는 듯 그의 커다란 손이 가슴 언저리를 더듬기 시작했다.

"으음."

그의 손길에 미려한 신음이 목울대에서 울렸다. 그 소리에 놀란 듯 그는 쓰윽 혀를 빼내고 여러 번의 작은 입맞춤을 더했다. 자잘한 그의 입맞춤이 멈추고 나자 긴장감 속에 침묵이 흘렀다.

그는 소파를 양손으로 짚은 채 날 내려다보고 있었다. 또 다시 무언가를 망설이는 듯한 표정이 그의 얼굴에 묻어났다. 대체 무엇을 머뭇거리고 있는 걸까. 어차피 계약대로라면 원하는 대로 나를 이끈다 해도 그의 입장에서는 하등 문제가 없는데 말이다.

"어디까지 책임질래?"

거친 숨소리와 함께 적당히 쉰 그의 목소리가 자극적으로 울려 퍼졌다. 그 질문이 마치 나에게 동의를 구하는 것처럼 들렸다. 대체 왜 나의 동의를 원하는 것인지 모르겠지만 말이다.

"책임의 한계를 묻는 거예요?"

"그래. 어느 선까지 책임질지를 묻는 거야. 일종의 마지노선 같은 거."

그 질문에 나의 심장은 더욱 빠르게 뛰기 시작했다.

"선을 정해 놓으면 넘지 않을 자신은 있나요?"

그는 내 질문에 피식 웃음을 흘렸다. 여유를 부리는 것처럼 우아한 미소를 머금던 그가 이내 얼굴을 굳히며 속삭였다.

"아니, 없어. 그럴 자신."

그 말에 뭐라 대답을 하려던 순간, 그의 입술이 내 입술을 덥석 물었다. 하려던 말이 뭐였는지조차 생각할 수 없을 만큼 농염한 키스에 나는 손을 뻗어 그의 다부진 어깨를 거머쥐었다. 그러자 그는 단단한 팔뚝을 소파와 내 등 사이로 끼워 넣으며 몸이 찰싹 달라붙도록 날 끌어안았다.

단단한 그의 가슴이 말캉한 젖가슴에 닿자 온몸을 뒤흔들 정도로 쿵쿵 뛰어 대는 그의 심장이 느껴졌다. 누군가가 나를 품에 안고 이토록 심박동 수를 올리고 있다는 생각에 소파 깊숙이 가라앉은 몸이 바람결에 둥둥 떠다니는 것만 같았다.

한참 동안 입술을 머금고 있던 그가 턱과 뺨을 지나 목언저리를 베어 물기 시작했다.

"흐읏."

아릿한 느낌에 신음이 저절로 터져 나왔다. 그는 갑작스레 물린 부위를 위무하듯 혀로 할짝거렸다. 단단한 이에 찍히는 것보다 말캉하고 뜨거운 혀의 자극이 더 강렬했다.

"······싫어요."

"뭐?"

목덜미에 묻고 있던 얼굴을 든 그가 단단히 굳은 표정으로 물었다.

"여기선 싫다고요."

"그럼 다른 데선 괜찮다는 의미야?"

"침실로 갔으면 좋겠어요. 그리고 씻고 싶어요."

씻지도 않은 몸을 그가 더듬고 안을 거라 생각하니 갑자기 불쾌함이 몰려왔다.

견딜 수 없는 욕정으로만 이루어진 관계라 할지라도 충

분한 전희를 느끼고 싶었다. 따스한 물로 샤워를 하고, 향긋한 향수를 뿌리고, 예쁜 속옷을 입고, 그가 날 소중히 보듬어 안아 줬으면 하는 마음이었다. 순간 결연한 무언가가 그의 얼굴 위로 드러났다.

"그래, 씻고 나와. 기다릴 테니까."

그리 말한 그의 눈동자가 무섭도록 깊어졌다.

샤워를 하는 내내 온몸이 흔들거리는 기분이었다. 머릿속은 스스로 저지른 일에 대한 책임감으로 확고했지만 가슴은 쉴 새 없이 두근거렸고, 두 다리는 바닥을 내딛고 서 있다는 게 신기할 정도로 후들거렸다.

겁을 먹은 것은 아니었다. 계약서에 서명을 한 순간부터 이런 일이 있을지도 모른다는 생각을 했었기에.

그럼 무엇 때문에 떨리는 걸까. 스스로 질문을 던지자마자 헛웃음이 튀어나왔다. 난생처음 남자의 품에 안기기 직전인데 떨리지 않는 것이 오히려 더 이상한 것 아닌가.

그저 몸뚱이를 섞는 일이라 여겼는데 다른 의미가 생겨버린 것인지도. 이번엔 커다란 한숨이 흘러나왔다.

"대체 그 사람한테 뭘 기대하고 있는 거야."

현실을 직시하기 위해 혼잣말을 읊조렸다. 머릿속에서만 생각하는 것과 그것을 입으로 내뱉어서 귀로 들었을 때의 느낌은 꽤 다른 법이니 말이다.

그래, 그에게 기대할 것은 없다. 단지 계약에 맞추어 응당한 대가를 지불받는 것 외에 내가 그에게 요구할 것은 없었다.

수전을 잠그고 뿌옇게 흐려진 욕실 거울을 손으로 슥 문질러 닦아 냈다. 거울 속엔 한 남자의 품에 안기기 전 새빨간 기대감에 젖어 있는 여자의 모습이 들어 있었다.

"나 혼자 하면 되지."

결론은 아주 이상하게 내려졌다. 그가 바라는 것이 계약으로 맺어진 관계 속에서 조건에 맞게 가치를 찾아가는 것이라면, 나는 내 마음이 흐르는 대로 그 속에서 의미를 찾기로 했다. 딱 6개월간만 그리하겠다고. 나 혼자. 그는 모르도록. 아무렇지 않게.

순간, 마음속에 확고한 결정이 내려졌다. 그는 6개월간 개인 간호사의 살뜰한 보필을 받으면 되는 거고, 나는 그동안 감히 내 위치에서는 넘볼 수도 없는 남자를 남몰래 사랑하면 되는 거다. 그리고 6개월이 지난 뒤에는 계약과 함께 나의 사랑도 끝내면 되는 거고.

젖은 머리칼을 말리고 챙겨 온 속옷 중에서 가장 여성스러운 민트색 레이스 속옷을 입었다. 그리고 양 가슴과 허벅지 안쪽에 오 드 투알렛을 뿌린 뒤 살냄새와 어우러지도록 손바닥으로 가만히 그곳을 비볐다. 그러자 몸이 화끈 달아올랐다.

욕실 문을 열고 나가자 안방 테라스에 등을 기댄 채로 내 쪽을 응시하고 있는 그의 모습이 눈에 들어왔다. 짙은 욕망이 어려 있는 굳은 얼굴을 마주하자 숨이 턱 막혀 왔다.

"이제 준비됐나."

나는 대답 없이 고개를 끄덕였다. 그러자 그가 성큼성큼 걸음을 옮겨 앞으로 다가왔다. 눈 깜짝할 사이에 내 허리를 감싸 안은 그가 입술을 겹쳐 왔다.

뜨거운 혀가 서로의 혀에 맞닿아 뭉그러지며 혓바닥의 돌기가 예민하게 돋아났다. 끈적한 타액에 젖어 들며 입안에서 매끄럽게 유영하는 혀의 움직임은 키스를 하고 있는 것이 아니라 섹스를 하고 있는 느낌이 들 정도였다.

풀썩, 바닥으로 샤워 가운이 떨어지는 소리가 들렸다. 아직 수분기가 남아 있는 피부에 공기가 닿자 오소소 소름이 돋아났다. 놀란 피부를 달래듯 그의 손이 부드럽게 그곳을 쓰다듬어 주었다.

그의 손길이 농밀해질수록 숨이 차오르고 심장이 벌컥거렸다. 맞닿았던 손길이 떠난 자리는 아쉽고, 새로이 닿는 부분은 반가웠다. 동시에 느껴지는 감정은 여러 가지였지만 결론은 하나였다. 내가 그의 손길과 애무를 미치도록 원하고 있다는 것.

따뜻하게 등을 어루만지던 그의 손이 브래지어 훅을 어렵사리 풀어냈다. 마치 이런 건 처음 풀어 본다고 말하는 것처럼 그의 움직임은 서툴기만 했다. 그런 모습에 나는 고개를 비틀어 입술을 떼어 내고 속삭였다.

"이런 거 처음이에요."

이런 계약을 맺었다고 해서 내가 헤프게 살아온 여자는 아니라고 말해 주고 싶었던 건지, 아직도 처녀성을 지녔다는 이야기를 해 주고 싶었던 건지, 내가 평생을 살아오며 안기기로 결심한 남자는 당신이 처음이라고 말해 주고 싶었던 건지, 불쑥 말이 튀어나와 버렸다.

"나도 처음이야."

"네?"

깜짝 놀라 그만 정색을 해 버리고 말았다.

"왜 그렇게 놀라지?"

"어떻게 그럴 수 있죠?"

멀쩡하다 못해 이토록 훌륭한 조건을 갖춘 남자가 이제껏 동정이었다는 말은 참으로 설득력이 없었다. 그것도 서른한 살이나 먹은 남자가 말이다.

"당신은 어떻게 그럴 수 있는데. 여태껏 연애 한 번도 안 해 봤나? 스물넷이나 돼서?"

"먹고살기 바빠서 그런 거 해 볼 시간이 없었어요."

"나도 먹고살기 바빠서 그런 거 할 여력이 없었어."

당황스러움에 말문이 턱 막혀 버리고 말았다. 그가 이끄는 대로 품에 안기면 될 거라고 생각했는데 그게 아닌 것 같다는 생각이 들었다. 갑자기 엄청난 불안감이 몰려왔다. '사춘기 소년처럼 구는 그가 만약 성적 지식도 그 수준에 머물러 있다면?' 하는 엉뚱한 생각에까지 이르자 머릿속에 있던 말이 톡 하고 튀어나와 버렸다.

"어떻게 하는지는 알아요?"

"이봐. 남자는 온종일 섹스 생각만 할 수 있는 동물이야."

노골적인 단어를 언급하는 그의 말에 얼굴이 화르르 달아올라 버렸다.

"그러신 분이 여태 안 하시다 저한테는 왜 이러시는데요?"

"유혹은 그쪽이 먼저 했어."

누가 먼저 꼬셨는지를 따져 보자면 매혹적인 콧날로 수컷 향을 폴폴 풍긴 그가 맞았다.

"하고 싶어."

고개를 들고 천장을 바라보던 그가 커다랗게 한숨을 내뱉고는 낮게 속삭였다.

"당신이랑."

검은 눈동자를 빛내며 흘러나온 그의 목소리에 배꼽 아

래가 갑자기 확 조여졌다.

"나도 하고…… 싶어요."

말을 채 마치기도 전에 몸이 허공으로 붕 떠올랐다. 그는 단번에 날 안아 들고는 침대로 향했다. 살포시 날 내려놓는 동작은 부드러웠지만 그 뒤에 이어진 행위는 거침이 없었다.

훅이 풀린 채 어깨에 걸려 있던 브래지어가 벗겨졌고, 민트색 레이스 팬티도 찢기듯 벗겨져 나갔다. 그저 속옷만 벗겨졌을 뿐인데 신음이 새어 나올 것 같아 어금니를 꽉 깨물고 턱에 힘을 주었다.

숨을 몰아쉰 그가 젖가슴을 움켜쥐고 주무르기 시작했다. 마치 제자리를 찾듯 그의 입술이 내 입술 위로 포개졌다. 소용돌이치는 혀의 움직임과 동시에 그가 엄지로 유륜 주위를 뱅그르르 돌렸다.

"흐음."

그의 입안으로 신음을 흘렸다. 그러자 그의 목에서도 짙은 음성이 올라왔다. 입안에서 섞이는 서로의 신음은 무척이나 자극적이었다. 나로 인해 그가 반응하는 것이 싫지 않았다. 그를 더욱 자극하고 싶은 마음에 허리를 비틀며 배 위에 맞닿은 단단한 물건을 비벼 보았다.

그러자 그가 입술을 떼어 내며 내 목덜미에 얼굴을 묻고는 신음했다.

"하아……. 처음이라는 말 사실이야?"

"해 보면 알겠죠."

나도 모르게 농염하게 몸이 움직였고 자극적인 말이 튀어
나왔다. 그는 여전히 흰색의 루스한 티셔츠와 회색 면 트레
이닝팬츠를 입고 있는 상태였다. 나는 자연스레 그의 티셔
츠 안으로 손을 집어넣었다.

그의 몸은 상당히 단단했다. 탄탄하게 자리 잡은 복근이
손끝에 스치자 기대감에 몸속이 뒤틀렸다. 티셔츠를 걷어 올
리려는 나의 행동에 그가 손을 뒤로 뻗어 티셔츠를 벗어 버
렸다.

방 안에 불이 환히 켜져 있는 탓에 그의 모습이 한눈에
들어왔다. 부끄러움에 불을 끄고 싶기도 했고, 그를 계속 보
고 싶어서 이대로 있고 싶다는 생각도 들었다.

내친김에 그는 바지와 팬티도 모두 벗어 침대 아래로 던
진 후 단단한 몸을 나의 말캉한 몸 위에 겹쳤다. 어김없이 입
술이 겹쳐졌고 그의 단단한 가슴에 나의 가슴이 닿았다. 그
러자 지금까지의 접촉과는 비교도 되지 않을 만큼 뜨거움이
느껴졌다.

그의 목에 팔을 휘감고 입안 깊숙한 곳까지 혀를 들이밀
었다. 소파 위에서 난생처음 키스를 해 봤다는 게 무색할 만

큼 나의 혀는 음란하게 움직이고 있었다.

그 움직임 때문인지 배에 닿아 있는 그의 물건이 불끈거리기 시작했다. 그의 존재감은 상당했다. 저 물건이 내 몸속 가장 깊은 곳까지 뚫고 들어올 거라는 생각에 더 이상의 이성적인 사고는 불가능해졌다.

그건 그도 마찬가지인 듯했다. 조금 전까지 짓궂은 말을 던지던 그가 성급하게 입술을 옮겨 갔다. 갑자기 끝나 버린 키스에 나의 입술은 허공 위를 탐하듯 벌어졌다.

"하읏!"

목덜미를 한껏 베어 물던 그의 뜨거운 입술이 유륜을 크게 머금었다.

"아아!"

마치 사탕을 빨아 먹듯 혀로 유두를 돌리는 움직임에 숨이 턱 막혀 왔다. 순간 그가 단단한 이로 유두를 깨물고 쭈욱 잡아 늘렸다. 그래, 그는 사탕을 깨물어 먹는 사람이지 빨아 먹는 사람은 아니었다.

"아, 아파요."

"하아. 미치겠네, 정말."

그는 넘치는 힘을 주체하지 못하는 것 같았다. 그 힘이 내 몸에 쏟아질 거라고 생각하니 기대감과 두려움이 동시에 어렸다. 깨물었던 곳을 달래듯 그는 입술 사이에 유두를 문 채 천천히 비벼 댔다.

"으음."

내 몸이 이토록 민감하게 반응할 줄은 꿈에도 몰랐다. 그가 주는 아주 미세한 자극에도 몸은 유려하게 반응했다. 가슴에 머물던 그의 입술이 몸 한가운데를 따라 점점 아래로 내려갔다. 그의 입술이 향하는 곳이 어딘지 알 것 같아 뇌까지 뜨거운 불길에 휩싸이는 듯했다.

그는 몸을 슬쩍 일으키는가 싶더니 내 무릎 밑으로 손을 넣고는 위로 밀어 올렸다. 허벅지가 배에 닿았고, 무릎이 가슴을 눌렀고, 발끝이 허공으로 들렸다. 그리고 둔부가 고스란히 그의 시야 앞에 놓였다.

딱 붙어 있던 질 입구가 갑자기 꿈틀거렸다. 생경한 움직임에 아랫배에 힘을 준 순간 그의 입술이 꿈틀거리고 있는 돌기에 와 닿았다. 입맞춤하듯 입술로 그곳을 두어 번 머금고 내 두 다리를 그의 다부진 어깨에 걸치도록 했다. 그리곤 양손 검지와 중지로 비부를 활짝 벌렸다. 이내 뜨거운 그의 혀가 그 안으로 침범해 왔다.

"하앗."

신음이 그대로 흘러나왔다. 미끌미끌하고 말캉거리는 무언가가 침대 시트로 흘러내리는 느낌도 났다. 그것이 그의 타액인지, 내 몸 안에서 흘러나온 애액인지는 알 수가 없었다.

한참 동안 아래를 자극하던 그는 이제 됐다 싶었는지 어깨에 올린 나의 다리를 다시 침대 시트에 내려놓으며 몸을 일으켰다.

그는 기다란 팔을 뻗어 협탁 위에 놓인 편의점 봉투를 집어 들었다. 그 안에서 나온 물건은 콘돔이었다. 내가 씻는 동안 이걸 사러 밖에 나갔다 왔다고 생각하니 피식 웃음이 터졌다.

그 웃음의 의미가 뭐냐고 묻는 듯 그가 고개를 갸우뚱 기울였다가 다시 콘돔 상자로 시선을 옮겼다. 짐승이 먹잇감을 해치우듯 콘돔 포장을 이로 뜯어내 반투명한 노란색의 얇은 옷을 물건에 입힌 그는 내 위로 천천히 몸을 겹쳐 왔다.

이제 진짜다. 그의 물건이 입구 앞에서 똑똑 문을 두드리며 까딱거렸다. 이대로는 안 되겠다 싶었는지 그가 물건을 손에 쥔 채로 질 입구를 문지르기 시작했다. 입술이 닿았을 때 느껴졌던 부드러움과 달리 딱딱하고 뜨거운 무언가가 천천히 몸 안으로 침범해 왔다.

"하아⋯⋯. 하웃!"

물건이 몸 안 끝까지 들어왔다. 살을 찢고 그곳을 짓이기는 느낌이 들었다. 그가 허리를 쭉 밀자 엄청난 고통과 함께 몸 안에서 거대한 이물감이 더해졌다.

배 속이 그로 관통되는 기분이 들었다. 장기들을 밀어내고 그 자리에 새로운 장기가 돋아난 것 같은 생경한 느낌에 숨이 막혀 왔다. 토막 난 숨이 가까스로 새어 나왔다. 나의 숨소리가 달라진 것을 느꼈는지 그가 입술을 이마 위로 움직였다.

"쉬이. 금방 끝낼게."

그는 뒤로 끝까지 물러났다가 이내 허리를 튕기기 시작했다.

"아앗!"

비명이 절로 나왔다. 금방 끝내겠다는 그의 움직임은 저지할 수 없을 정도로 빨랐고, 충분히 젖어 있다고 생각했던 내 안쪽에서는 대패로 마른 나무를 깎아 내는 듯한 통증이 이어졌다.

그렇지만 격렬한 통증만 계속되는 것은 아니었다. 묘하게 시작된 쾌감이 그가 허리를 튕겨 낼 때마다 무서운 속도로 그 몸집을 부풀려 갔다. 작은 신체 부위에서 시작된 쾌락의 한 자락이 이제 몸 전체로 느껴지는 기분이었다.

"하앗. 으읏. 앗!"

손가락 마디가 불거지도록 침대 시트를 움켜잡았다가 그의 목덜미로 손끝을 옮겨 갔다. 뒤이어 날카로운 턱 선을 어루만지고 목을 따라 내려와 그의 어깨를 끌어당겨 품에 안았다.

그는 순순히 상체를 내 쪽으로 밀착시켰고, 내 등 뒤로 팔을 넣어 작은 몸을 품 안에 가두듯 끌어안았다. 그 와중에도 그의 허리 운동은 계속되었다. 무언가가 왈칵 몸 안에서 쏟아져 버릴 것만 같은 기분, 빨리 무언가를 내놓지 않으면 온몸이 녹아 없어져 버릴 것만 같은 느낌에 흐느끼는 신음이 터져 나왔다.

그와 동시에 버거운 쾌락의 방증이라도 되는 양 두 눈가에 눈물이 차올랐다. 슬퍼서 우는 것이 아니었다. 그가 전해 주는 어마어마한 쾌감에서 느껴지는 기이한 감동 때문이었다.

그때, 신음도 내뱉을 수 없을 만큼 격렬하고 통쾌한 무언가가 온몸을 감쌌다. 감당할 수 없는 감정에 나는 흐느껴 울며 그의 어깨를 물었다.

"으윽."

잇새로 울음이 흘러나왔다. 지금도 그의 몸에 딱 붙어 있는 상황인데, 그는 더 세게 나의 상체를 끌어안으며 믿을 수 없을 만큼 빠른 속도로 살을 부딪쳐 왔다. 고지가 눈앞에 보인다는 희열과 끝이 보인다는 아쉬움이 어우러졌다. 순간, 툭 하고 부러지듯 억센 쾌감이 나를 덮쳤다.

"아……."

탄성을 내지르며 그가 움직임을 멈췄다. 통증과 쾌락이 공존하는 곳에서 그의 불끈거리는 움직임이 서너 번 느껴졌다. 안이 팽창할 때마다 그는 신음했고, 나 역시 신음을 흘렸다.

몸 위에서 느껴지는 그의 무게감에 터질 듯 두근거리는 심장이 달래지는 기분이었다. 한참 동안 나에게 기대 숨을 고르던 그가 잔뜩 쉰 목소리로 속삭였다.

"책임지겠다는 말 꼭 지켜."

절로 미간이 찌푸려졌다. 꾹 닫혀 있던 욕정의 포문을 내가 열어 버린 것 같았다.

판도라의 상자를 열었을 때 온갖 재앙이 빠져나가고 그곳에는 오로지 희망만 자리했다고 한다. 그래서 판도라의 상자는 세상의 온갖 어려움도 희망만 있다면 이겨 낼 수 있다는 의미를 지니고 있었다.

그의 상자를 열자 온갖 번민과 고뇌가 날아가고, 오로지 불타는 욕망만이 남아 버린 것 같았다. 그 생각을 하니 온몸에 오소소 소름이 돋아났다.

그저 그의 욕망이 내가 감당할 수 있는 수준의 것이기를 바랄 뿐이었다.

"무슨 뜻이야?"

"네?"

커다란 손에 들린 작은 에스프레소 잔이 테이블 위에 놓이며 달그락거리는 소리가 더해졌다. 집 안에는 어디선가 들어 본 적이 있는 클래식 선율이 흐르고 있었고, 그는 물방울이 맺혀 있는 머리칼을 귀찮다는 듯 이마 뒤로 넘기며 나에게 질문을 하고 있었다.

"당신 이름 말이야. 오르. 무슨 뜻이야?"

"무슨 뜻일 것 같아요?"

그와 하얗게 밤을 태워 버린 다음 날 아침, 아무렇지 않게 마주 보고 앉아 있는 게 어쩐지 무안해서 불쑥 질문이 튀어나오고 말았다.

"심오르. 오르심……. 성이 '심' 이니까. 이름이 '오르가' 였으면 기가 막혔겠네. 영미 식으로 부르면 Miss 오. 르. 가. 심?"

"뭐라고요?"

순간 지난밤의 절정이 떠올라 얼굴이 화끈거렸다.

"그래서 무슨 뜻인데?"

"몽골어예요. 오르. 산들바람이라는 뜻이에요."

고개를 끄덕인 그가 되물었다.

"어떻게 몽골어가 이름이 됐지?"

"아버지가 젊었을 때 몽골에 폐타이어를 내다 파는 일을 하셨대요. 몽골은 폐타이어가 땔감으로 쓰인다고 하더라고요. 거기 수입업자가 아버지한테 꽤 잘해 주셔서 나중에 아이를 낳으면 몽골어로 이름을 짓겠다고 다짐하셨다나 뭐라나."

"그럼 오빠 되시는 분 이름도 몽골어인가?"

나는 고개를 끄덕이며 시간을 벌었다. 오빠를 떠올리자 울컥 목이 메어 왔기에.

"오담. 넓다는 뜻이에요. 테렐지 평원처럼 넓은 사람이 되라는 의미래요."

말끝이 흐려지고 말았다. 목 안 가득 들어찬 울음을 삼키기 위해 주스를 한 모금 머금은 나의 모습을 그는 유심히 바라보고 있었다.

"사장님 이름은 무슨 뜻이에요?"

내 이름만큼이나 그의 이름도 참으로 독특했다. 이타. 다소 이기적으로 보이는 그의 성격과 정반대되는 이름.

"타(朶), 꽃송이를 세는 단위야."

어젯밤 들고 들어온 장미 꽃다발과 그의 이름이 묘하게 어우러졌다. 나는 고개를 갸웃하며 다시 물었다.

"꽃을 세는 단위라고요?"

고개를 끄덕인 그가 희미한 미소를 머금었다. 어쩐지 그 미소에 걸린 그의 감정이 조금 전 내 목이 메어 왔던 순간의 것과 같을지도 모른다는 생각이 들었다. 벅찬 그리움.

"어머니께서 꽃을 무척이나 좋아하셨어. 내가 딸이었으면 '송이'라는 이름을 지어 주려고 하셨는데 아들이었다지 뭐야. 그래서 송이를 뜻하는 한자인 '타'가 되었지."

주변을 둘러싼 묵직한 공기가 한 꺼풀 덧입혀지고 있었다. 무거운 기운을 떨쳐 내기 위해 나는 애써 웃음을 지으며 말했다.

"이타적인 사장님께 정말 잘 어울리는 이름이네요."

"심오르 씨."

갑작스레 이름이 불리자 괜한 긴장감에 침이 꼴깍 넘어갔다.

"재미있는 여자야."

"능력 있는 여자이기도 해요. 깐깐한 강 실장님 면접을 단번에 통과했으니까요."

나도 모르게 웃음이 튀어나왔다. 그와 나누는 대화가 어쩐지 즐거워 환한 미소를 지었다. 그러자 그가 무심한 얼굴로 대꾸했다.

"이타적인 사람이 되라는 뜻이었는지도 모르지."

그는 한숨을 내쉬며 에스프레소 잔 손잡이를 기다란 손가락으로 매만졌다. 그의 손끝이 미세하게 떨리고 있었다.

나는 손을 뻗어 그의 손을 잡아 주었다. 흠칫 놀란 표정으로 그가 잔에 고정했던 시선을 움직였다.

"어디 계세요?"

"누구?"

"사장님께 멋진 이름을 지어 주신 어머니요."

"돌아가셨어. 10년 전에."

그는 눈을 꼭 감았다 뜨고는 또다시 한숨을 내쉬었다. 그런 그의 얼굴에서 느껴지는 감정은 그리움보다는 두려움에 가까웠다.

"항상 꾸시는 그 꿈. 어떤 내용인지 말해 줄 수 있나요?"

"어머니가 돌아가시는 꿈."

부모의 죽음이 평생 잊을 수 없을 정도로 힘든 일이라지만 이렇게 날마다 악몽을 꿀 정도인가. 의뭉스러운 표정을 짓고 있는 나를 바라보며 그가 입을 열었다.

"그만하지. 아침인데."

"어젠 꿈 안 꾸셨죠?"

피식 웃으며 그가 고개를 끄덕였다.

"덕분에 완전히 곯아떨어져서."

입술을 말아 문 채 나는 그의 검은 눈동자를 응시했다. 그저 사춘기 소년처럼 철없이 군다고 생각했었는데, 그의 아픔은 내가 생각했던 것보다 훨씬 더 깊은 듯했다.

"고용주가 이름에 걸맞은 이타적인 짓을 좀 해야겠는데."

"네?"

"오늘 나 상담받는 동안, 오빠 병원에 다녀와. 한창 상태가 궁금하고 보고 싶을 때 아닌가?"

고맙다는 말 대신 그를 먼저 살펴야 했다. 그의 표정에서 아침 내내 유지됐던 친근감이 가시고 방어력 가득한 거리감이 느껴졌기 때문이다.

"상담 내용을 저와 공유하고 싶지 않으신 거죠?"

직설적인 물음에 그의 눈동자가 잠시 멍해졌다가 이내 평상시의 날카로운 눈빛으로 돌아왔다.

"재미있는 여자가 눈치도 빠르네. 내 병원도 그 근처니까 같이 나가지."

"네."

문득, 무심하게 오빠 병원에 다녀오라 말해 주는 그가 겉모습만큼 차가운 남자는 아닐 거란 생각이 들었다.

내가 병원에 갈 채비를 하는 동안 그는 거실을 서성거리며 초조해했다. 핸드백 안에 소지품을 챙기는 데 걸린 시간은 고작 5분 남짓. 그런데도 그는 미간을 좁히며 입술을 자근자근 깨물고 있었다.

"괜찮으세요?"

"나가지, 일단."

"네."

그의 집에서 지낸 이후로 바깥 외출을 한 일은 거의 없었다. 일주일에 두 번 가사도우미가 집 안 청소를 해 주고 장을 봐 왔기에, 부러 생필품을 사기 위해 밖에 나갈 필요가 없었기 때문이다.

그는 신발장 앞에 놓인 콘솔 서랍을 열고는 한참 동안 무언가를 골랐다. 고개를 살짝 비틀어 그의 팔뚝 너머로 서랍 안을 살폈다. 열 개의 자동차 스마트 키가 보였다.

겹쳐 있는 동그라미 네 개가 음각 처리된 가죽으로 둘러싸인 열쇠와 삼지창 모양이 새겨진 열쇠를 들고 고민하던 그는 결국 삼지창 모양의 열쇠를 집어 들었다.

값비싼 외제차를 저렇게나 많이 가지고 있는 남자라니. 차 수리비가 5억이 나왔다는 말만큼이나 현실감이 없었다.

"차 수리비가 5억 이상 나올 수도 있나요?"

"뭐?"

펜트하우스 거주자 전용 엘리베이터에 오르던 그가 고개를 갸웃했다.

"자동차 수리비요. 5억 이상 나온다는 게 가능한 일이에요?"

"차 값이 10억만 되도 사고가 심하게 났으면 가능한 일이지."

"세상에 10억이나 되는 차도 있나요?"

정색을 하고 물었는데, 그의 얼굴을 마주하자 내가 참으로 멍청했다는 생각이 들었다. 개인 간호사에게 선뜻 5억을 지불한 남자에게 10억짜리 자동차를 논하며 놀라다니.

"자동차 회사에서 한정된 수량으로 제작하는 차들이 있어. 그런 자동차들은 수십 억을 호가하지."

그는 그리 대답하며 잔뜩 굳어 있는 내 얼굴을 살폈다. 그런 그의 눈빛이 다정하게 느껴져 뺨에 열이 올랐다.

내 두 뺨의 미묘한 온도 변화를 눈치챘는지 그가 은근한 시선을 주며 미소를 머금었다. 그렇게 그는 지하 주차장에 주차된 차 앞에 도착할 때까지 어슴푸레한 미소를 머금고 있었다.

오늘 그가 고른 차의 모양은 깊고 푸른 바닷속을 유영하는 백상아리 같았다. 하얗게 뻗은 매끈한 차체, 매섭게 치솟은 눈매를 연상시키는 헤드라이트, 감히 조수석 문에 손을 대면 고개를 돌려 물어 버릴 것만 같은 세단까지.

정말 차가 사람을 물어 버릴 리 없는데도 나는 차 앞에 서서 한참을 망설였다.

"문을 열어 줘야 타시겠다는 겁니까?"

평소 같지 않은 정중한 물음에 흠칫 놀라 고개를 돌려 그를 바라봤다. 삐뚜름한 미소를 짓고 있는 그의 얼굴이 어쩐지 백상아리를 연상케 했다.

"아, 아뇨."

그는 차 문을 열어 주며 피식 웃었다. 조수석에 오르자 푹신한 가죽 시트가 몸에 감겼다. 그가 운전석에 오르는 동안 천천히 차 안을 둘러보았다.

내가 타 본 차 중에 가장 고급스러운 것은 고작해야 모범택시 정도였다. 다리를 어떻게 뻗어야 할지도 고민됐다. 손자국을 내면 어쩌나 싶은 우려가 들 만큼 차 내부는 고풍스러웠다.

"이 차 이름은 뭐예요?"

의아한 그의 시선을 느낀 나는 절대 주눅 들지 않았다는 것을 보여 주기 위해 애써 질문을 던졌다.

"마세라티 기블리 에르메네질도 제냐 에디션."

순간 머릿속이 멍해지는 것 같았다. 차 이름이 길어도 너무 길었다. 운전대를 잡고 짓궂은 미소를 머금고 있는 그의 모습은 알아들을 수 없는 고매한 차 이름보다도 더 얄미웠다.

"오늘 상담 내용을 제가 알 수는 없지만 프리스크립션 사본은 볼 수 있었으면 좋겠어요. 사장님이 복용하시는 약에 대한 정보는 저도 알아야 하니까."

"처방전이 궁금하다 이거지?"

나는 목을 빳빳이 세우고 아주 살짝 고개를 끄덕였다. 그러고는 앞 유리창에 시선을 고정한 채 부러 굳은 표정을 지었다.

'나는 당신의 전문 의료인이다' 라는 의미를 담은 결연한 표정을 짓고 있을 때였다. 내 뺨에 부드럽고 촉촉한 그의 입술이 닿았다.

쪽 하는 경쾌한 마찰음과 함께 웃음이 묻어나는 그의 목소리가 들려왔다.

"귀여워."

고개를 돌려 바라본 순간, 그의 입술이 다시 다가왔다. 입술을 잠시간 머금은 그는 빙긋이 웃으며 차를 출발시켰다.

심장이 두근두근 울렸다. 운전대를 잡고 있는 그를 향해 슬쩍 시선을 옮기자 웃음기를 머금은 얼굴에 묘한 긴장감이 흐르는 게 눈에 들어왔다. 왼손은 파란 핏줄이 불거질 만큼 운전대를 꽉 틀어쥔 상태였다. 그건 기어 로브를 쥐고 있는 오른손도 마찬가지였다.

잔뜩 긴장한 그를 보니 주사를 맞는 게 두려워 담요 속으로 숨어 버리던 환아의 모습이 머릿속을 스치고 지나갔다. 주사를 잘 맞으면 막대 사탕을 줄 거라는 말에 울음을 그치던 아이가.

"오늘 저녁은 뭐 드시고 싶으세요?"

고개를 갸웃하며 그가 미간을 찌푸렸다.

"좀 매운 걸 먹었으면 좋겠는데. 입맛이 없어서."

"매운 거요? 어떤 거요?"

그의 긴장감이 스르륵 풀어지는 게 보였다. 일상적이고 소소한 대화가 그를 이완시키는 데 꽤 도움이 된 것 같았다.

"한 시간 반 후에 여기서 보지."

"네."

어느새 도착한 병원 입구에서 멀어지는 그의 차 뒷모습을 바라봤다. 물가에 아이를 내놓은 것처럼 그가 걱정이 되었다.

치료와 생활만 도우면 그뿐인데 왜 자꾸 이렇게 신경이 쓰이는지. 그의 차 후미 등이 점멸할 때까지 한참 동안 나는 병원 로비 앞에 서서 그 모습을 지켜보았다.

중환자실에 있는 오빠를 만나고 나오는 길, 주머니 속 휴대전화가 진동하는 게 느껴졌다.

"여보세요?"

─강 실장입니다.

"아, 안녕하셨어요?"

─혹시 사장님과 병원에 함께 가셨습니까?

"아니요. 병원엔 혼자 가셨어요. 제가 함께 가는 걸 원치 않으셔서요."

직무 유기는 아니라는 듯 덧붙인 말이 참 우습게 느껴졌다.

―그러실 거라 예상은 했습니다. 심 간호사와 함께하게 된 이후로 사무실에서도 비교적 안정적인 모습을 보이고 계십니다. 계속 수고해 주십시오.

"네, 알겠습니다."

전화를 끊기 직전, 나는 다급하게 그를 불렀다.

"강 실장님!"

―네.

"여쭙고 싶은 게 있는데요."

―뭡니까?

"사장님 어머니께서 어떻게 돌아가셨는지 혹시 알고 계신가요?"

그 질문으로 잠시간의 침묵이 흘렀다.

―그 이야기는 모르시는 게 좋을 것 같습니다. 그게 사장님 뜻입니다.

대답할 새도 없이 전화가 뚝 끊겨 버렸다. 이건 그에게도 어머니의 죽음에 대해 물어서는 안 된다는 말과 같은 의미였다.

통화를 하느라 엘리베이터에 오르는 대신 비상구 계단을 선택한 나는 어둠 속에서 악몽을 꾸던 그의 얼굴을 떠올려

보았다.

끝도 없는 나락으로 떨어진 것 같던 표정. 꿈에서 깨고 나면 혼이 나간 듯 풀려 있던 동공. 겁에 질려 떨리던 입술.

악몽을 꾸지 않는 현실 속 그의 모습은?

늘 매섭게 돋아 있는 눈빛. 매시간 긴장 속에서 상황을 살펴야 하는 경영인. 웃는 법을 모르는 것인지, 웃을 일이 없는 것인지 소리 내어 크게 웃는 일이 드문 남자.

그러다 삐뚜름한 미소가 어린 그의 얼굴을 떠올리자 자연스레 입가가 뺨을 타고 오르는 게 느껴졌다.

지난밤 그의 곁에 있을 명분을 찾았다면, 지금 이 순간에는 내가 해야 할 역할이 분명해지는 것 같았다.

그를 웃게 만드는 것.

굳은 마음이 이완되고, 퍽퍽한 현실이 녹아들고, 아무 생각 없이 웃어 젖힐 수 있는 순간을 만들어 주는 것. 웃음을 머금는 것은 많은 의미를 갖고 있으니 말이다.

병원 로비 앞에서 내가 차에 오르자 그는 무섭게 차를 몰아 곧장 집으로 향했다. 마치 무언가를 터뜨리기 일보 직전의 모습을 하고 있는 그에게 말을 거는 일은 쉽지 않았다.

집 안에 들어서자마자 시작된 짙은 입맞춤은 침대 위에서 길고 긴 정사가 끝나고 나서야 멈출 수 있었다.

"오빠는 좀 어떠셔?"

"되게 빨리 물어보시네요?"

벅찬 숨소리가 조용한 방 안을 가득 채웠다. 그는 나를 품에 안은 채 이마에 입술을 찍어 내며 빙긋이 웃었다.

"그냥 그래요. 곧 깨어나겠죠……. 사장님은 상담 잘하셨어요?"

그에게 내 걱정까지 전가시킬 필요는 없었다. 상념을 거둬 내려 한 질문에 그는 못마땅한 되물음을 던졌다.

"언제까지 그렇게 부를래?"

삐뚜름한 미소를 짓고 있었지만 그의 목소리는 제법 다정했다.

"뭐가요?"

"언제까지 그렇게 사장님이라고 딱딱하게 부를 거냐고."

"그럼 뭐라고 부를까요?"

팔꿈치로 상체를 괴며 그는 나름 심각한 표정을 짓기 위해 노력하는 듯했다. 하지만 그 심각함은 오래가지 못했다. 장난기 가득한 눈동자가 반짝거리고 있었기에.

"자신보다 나이 많은 남자를 지칭하는 단어가 우리말에 있지. 심오르 양은 익숙한 단어일 텐데."

"욕심이 과하시네요. 저보다 일곱 살이나 많은 거 아세요? 오빠라기보다 나이 차이 좀 적게 나는 삼촌에 가까운데요?"

장난스러운 웃음을 머금으며 상체를 일으키자 가슴께로
올라 있던 이불이 사르륵 내려갔고, 그의 시선도 이불을 따
라 움직였다.

　　"누가 오빠라고 불러 달랬나?"

　　"그럼 나이 많은 남자를 지칭하는 말이 오빠 말고 뭐가
있죠? 아저씨?"

　　"내가 어딜 봐서 아저씨야?"

　　발끈하는 모양새가 오늘따라 귀여워 보이기까지 했다.

　　사춘기 소년처럼 속이 빤히 보이는 듯하면서도 가슴속 가
장 깊은 곳에는 어떤 아픔을 숨기고 있는지 알 수 없는 남
자. 그 매력은 참으로 묘했다.

　　그가 가진 상처에 대해서 제대로 알지도 못하면서 그에게
미혹되는 것은 어리석은 일일지도 모른다.

　　결국, 계약 기간이 끝나면 마무리될 일.

　　나는 팔을 포개어 머리를 받치고 가슴을 침대 시트에 대
며 엎드렸다.

　　"송이 씨."

　　"뭐?"

　　어이없다는 그의 물음이 돌아왔다.

　　"타 씨라고 부르는 것보다 부드럽잖아요. 귀엽고. 음흉한
송이 씨."

빙그레한 미소가 그려지도록 입꼬리를 올린 그가 속삭였다.

"그래, 우리 '오르가' 양은 그렇게 부르는 데 만족하나?"

그는 내 몸에 물 흐르듯 감겨 있는 이불을 거둬 내고 그 위에 몸을 포개었다. 엉덩이 사이로 단단하게 뭉친 그의 물건이 느껴졌다. 이름을 가지고 장난을 친 건 내 쪽이 먼저였으나, 그의 만족도가 더 높은 듯했다.

"글쎄요. 더 많이 불러 봐야 알 것 같네요. 학습 효과가 덜해서 그런지 아직 입에 착 감기질 않아서요."

"그건 이쪽도 마찬가지지."

몸 한가운데를 관통하는 알싸한 느낌에 저절로 신음이 흘러나왔다. 젖가슴을 휘감은 커다란 손이 음란하게 움직였고, 그의 입술은 어느새 목덜미에 와 박혀 있었다. 뒤에서 찌르고 들어오는 동작이 더해질 때마다 몸이 침대 헤드 쪽으로 튕겨져 나갈 것 같았다.

두꺼운 나무로 만든 침대 헤드에 머리가 닿을까 봐 매트리스를 꽉 움켜쥐고 온몸에 힘을 주었다.

"음."

그러자 그의 입에서 그르렁거리는 신음이 터져 나왔다. 두 다리에 힘을 준다는 게 몸속 깊은 곳까지 그 힘이 전달되어 그를 자극한 것이었다.

나는 일부러 한 번 더 몸 안쪽에 힘을 주어 그의 물건을 꽉 조이듯 오므렸다. 그러자 젖가슴을 움켜쥐고 있던 그의 손아귀에 힘이 들어갔다.

"하웃."

새된 비명이 입에서 흘러나오자 그는 그 소리를 집어삼키듯 입술을 물어 버렸다. 고개를 돌려 그와 입술 각도를 맞춘 터라 정면으로 입술을 마주했을 때와는 다른 포즈에 움직임은 더욱 다급해졌다.

다급함은 꽉 조여진 틈을 파고드는 그의 움직임에서도 느껴졌다. 후회를 느끼는 중에 시작된 지금까지와 다른 체위의 정사는 몸을 순식간에 절정으로 치닫게 했다.

정상위에서는 닿지 않는 곳을 푹푹 찔러 대며 좁은 공간을 꽉 채우는 뜨거운 불덩이에 온몸이 녹아 없어지는 것만 같았다.

심장을 움켜쥐듯 가슴을 틀어쥔 커다란 손아귀와 모든 호흡을 앗아 갈 듯 빨아들이는 그의 입술까지. 그가 전달해 주는 뜨거운 열기를 발산해야만 했기에 나는 고개를 비틀어 입술을 떼어 내고는 침대 시트에 이마를 갖다 댔다.

"하앗. 웃."

날울음 같은 나의 신음 소리가 젖가슴 밑으로 울려 퍼졌다. 그럴 때마다 그는 일부러 더 느리게 허리를 움직이며 깊숙이 안을 찔러 댔다. 신음 소리가 울음소리와 같아질 무렵, 허리께를 감싸고 있던 그의 팔이 치골 아래를 파고들었다.

기다란 그의 검지와 중지가 이미 예민해질 대로 예민해진 돌기 가운데를 꾹 누르며 비벼 대기 시작했다. 나는 그의 손가락이 주는 저릿한 감각을 피하려 골반을 이리저리 움직였다.

"학습 능력이 뛰어나네."

골반을 움직인 것이 본의 아니게 그를 더 자극하고 말았다. 더 해 보라는 듯 그가 손가락을 노골적으로 움직였다.

"하아……. 제발……."

무엇을 갈구하는지 모를 나의 외침이 이어졌다. 순간 그의 모든 행동이 멈췄다. 뜨거웠던 몸이 떨어지자 등 언저리에 닿는 찬 기운에 소름이 오소소 돋아났다. 나는 얼른 고개를 돌려 그를 바라봤다.

"멈추라는 말 아니었나?"

장난기 가득한 그의 표정은 숨이 턱 막힐 만큼 매혹적이었다. 숨을 멈춘 채 그의 얼굴을 바라보고 있는데, 그가 두 발목을 잡고서 나를 홱 돌려 눕혔다. 놀라움에 가슴이 크게 들썩거렸다. 호선을 그리며 움직이는 상체를 그가 뚫어져라 바라봤다.

"아니었나 보네, 그런 의미."

고개를 갸웃하며 눈썹을 추켜세운 그가 단단한 몸을 뜨겁게 녹은 여체 위로 겹쳤다. 빼앗긴 것을 되찾기라도 한 양, 나는 두 팔을 뻗어 그의 다부진 어깨를 끌어안았다. 침대 시트를 움켜잡고 있을 때와는 격이 다른 흡족함에 만족스러운 신음이 절로 새어 나왔다.

리드미컬하게 움직이는 그의 허리에 두 다리를 휘감았다. 매트리스를 짚고 있던 그의 손이 등 뒤로 들어왔다. 딱 붙어버려서 이제 더 이상은 떨어질 수 없는 상태가 된 것처럼 둘의 몸이 하나의 덩어리가 되어 움직였다.

절정이 지나간 뒤에도 한참 동안이나 서로를 부둥켜안고 있었다. 가시지 않는 여운을 오래도록 느끼며, 서로의 살냄새를 맡으며, 입술에서 느껴지는 부드러움을 맛보며.

저녁 식사도 제대로 하지 못하고 지쳐 잠이 든 탓에 새벽 어스름이 가시기도 전에 눈이 떠졌다.

상담으로 인한 스트레스 때문이었는지, 그는 집요할 정도로 침대 위에서의 행위에 집착했다. 그 매달림의 흔적이 하얀 피부 곳곳에 붉게 돋아나 있었다.

입맛을 잃은 탓인지 식욕을 전혀 느끼지 못하는 그의 식사량은 굶어 죽지 않는 게 신기할 정도였다. 나보다 덩치도 훨씬 큰 남자가 허기도 느끼지 않고 이렇게 지쳐 쓰러져 잠

든 모습이라니. 안쓰러움에 뺨을 한 번 쓸어내리자 그는 어
린아이처럼 입술을 오물거리며 내 손바닥이 있는 쪽으로 돌
아누웠다.

그는 무의식중에도 사람의 온기를 그리워하는 남자였다.
안타까움을 넘어서는 깊고 깊은 감정이 심장에 아로새겨진
줄도 모르고 나는 한참 동안이나 그가 자는 모습을 바라보
았다.

❂   ❂   ❂

그의 집에서 생활한 지 딱 한 달째 되던 날, 통장에 그의
회사 이름으로 믿을 수 없는 액수의 월급이 들어왔다. 종합
병원 간호사로 일했을 때보다 딱 세 배 많은 금액이었다. 입
주 간호사이니 야근 수당을 1.5배로 받고, 휴일 근무비까지
고려한다면 계산상 들어맞는 금액일지도 모른다며 나는 애
써 고개를 주억거렸다.

용돈을 제외한 나머지 돈을 전부 새언니의 통장에 이체
시키고 나니 괜한 허전함이 몰려왔다. 그가 없는 낮 시간의
집은 그저 넓기만 해서 적응하기가 쉽지 않은 탓도 있었다.

오후 4시, 무료함을 이기지 못하고 근처 마트에서 장을 봐
와 요리를 시작했다. 오빠가 좋아했던 새콤한 부추 겉절이와

백합탕을 준비하며 그에게 은근슬쩍 문자를 보냈다.

〈오늘 늦어요?〉

얼마 지나지 않아 바로 전화벨이 울렸다.

"여보세요?"

—무슨 일이야?

다급한 그의 목소리는 다소 예민하다 싶을 정도였다.

"저녁 식사 준비하고 있어서요……."

—일찍 갈게.

짧은 대답과 함께 전화가 뚝 끊겼다.

휴대전화를 내려놓고 백합 겉에 붙어 있는 이물질을 떼어내고 있는데, 생전 울리지 않던 인터폰이 요란하게 울리기 시작했다.

이 집 주인도 아니고, 개인 간호사의 존재를 외부에서는 모를 수도 있으니 그저 무시하려고 했다.

그런데 초인종 소리가 5분이 넘게 계속되었다. 혹시 그가 보낸 사람인가 싶어 앞치마에 손을 닦으며 부엌 싱크대 한 쪽에 설치된 LCD 스크린 앞으로 걸음을 옮겼다.

공동 현관에 서 있는 남자의 얼굴이 보였다. 통화 버튼을 누르자 남자의 목소리가 흘러나왔다.

—계십니까?

"네, 누구시죠?"

—부동산에서 나왔습니다. 오늘 집 보러 오기로 했는데요.

"아닌데요. 잘못 누르신 것 같아요."

—아, 3302호 아닙니까?

"아닙니다."

번호를 여러 번이나 잘못 누른 낯선 남자의 어이없는 실수에 미간이 찌푸려졌다.

인터폰 사건이 있고 난 후, 한 시간 반쯤 흐르고 나서야 주차 관제 메시지 알림이 울렸다. 그가 도착했다는 알림 소리가 저절로 심박동 수를 높였다.

그가 올라올 시간에 맞추어 현관문 앞에 서 있는데, 발끝이 간질거리는 기분이 들었다. 그를 위해 저녁상을 준비한 게 처음은 아니었지만, 처음 받은 월급으로 장을 봐서 상을 차린 뿌듯함 때문인지 심장이 계속해서 콩닥콩닥 울렸다.

그의 주머니에서 나온 월급이었지만 기분을 낼 수 있는 사람은 나니까.

이윽고 현관문이 열리자 잔뜩 굳은 얼굴의 그가 서류 봉투 하나를 들고 집 안으로 들어섰다.

"오셨어요?"

"어? 어."

무언가를 골똘히 생각하는 듯 그의 표정은 어둡기만 했다.

"저녁 준비했는데. 바로 드실래요?"

"그래. 5분 후에."

건성으로 대답한 그가 곧장 서재로 향했다. 그의 귀가 시퀀스에서 완전히 벗어난 행동이었다. 이상한 낌새가 느껴졌지만 따라 들어오지 말라는 듯 서재 문이 쾅 소리를 내며 닫혔다.

그 소리에 심장이 쿵쾅쿵쾅거렸다. 뜻 모를 불안감을 애써 가라앉히며 부엌으로 향했다. 그의 감정에 동요되는 모습을 보이면 안 된다는 생각을 하면서도 미간에 자꾸만 미세한 주름이 잡혔다.

식탁 위에 더운밥을 가득 담은 그릇을 옮기는데, 그가 아까보다는 많이 진정된 얼굴로 부엌에 들어섰다.

"오늘 저녁은 제가 쏘는 거예요."

일부러 유쾌한 목소리를 내자 그가 고개를 갸웃하며 어슴푸레한 미소를 머금었다.

"뭐?"

"오늘이 첫 월급 날이라서요."

그 말에 그의 표정이 삽시간에 굳어졌다.

"그 월급 나한테서 받는 거 아닌가?"

한쪽 눈썹을 치켜세우며 묻는 말이 참으로 뾰족했다.

"아니요. 우리 송이 씨 회사에서 주던데요?"

능청스럽게 대꾸하자 굳었던 그의 얼굴이 스르륵 풀어졌다.

"빨간 내복이라도 사 올 걸 그랬나? 겨우 밥 한 끼라 삐친 건가?"

"신소리 그만하고 얼른 먹자."

숟가락을 드는 그의 얼굴이 한결 편안해 보였다.

'이렇게 5개월이 흐르고 나면, 내가 당신 곁을 정말 떠날 수 있을까요?'

새어 나오려는 한숨을 집어삼키며, 그 한숨의 의미에 대해서는 생각하지 않으려 애썼다.

"맛있네."

맛있다는 그의 한마디에 굳었던 마음이 사르륵 녹아내려 버렸다.

'이토록 짧은 시간에……. 나 단단히 당신에게 빠져 버렸나 봐요.'

그저 식사에만 집중하려고 노력하며 나도 간신히 숟가락을 들었다.

식사를 마친 그는 급히 정리해야 할 자료가 있다며 곧장

서재로 향했다. 어수선한 그의 뒷모습을 바라보며 나는 덩
달아 혼란스러워진 마음을 한데 모으려 했다.

"빠져나갈 수 있겠지."

작게 읊조린 목소리를 혹시나 그가 들었을까 봐 얼른 입
을 다물었다.

저녁상을 치우고, 설거지를 하고, 부엌을 정리하는 동안에
도 그는 계속 서재 안에 틀어박혀 있었다.

갑작스레 보이는 그의 불안함과 어수선함을 파악하기 위
해 나는 약봉지와 물 한 잔을 트레이에 올리고 서재로 향했
다.

서재 방문은 열려 있었고, 그는 창가에 서서 어딘가를 내
려다보고 있었다. 이 세상 어딘가에 있는 무언가를 뒤지기
라도 하는 양 노려보는 그의 눈빛은 매서웠다.

"약 가져왔어요."

"거기 놔."

돌아보지 않고 그가 책상을 가리켰다. 책상 위에 은색 트
레이를 올려놓는데, 그곳에 놓인 사진 한 장과 메모지가 눈
에 들어왔다.

나도 잘 살고 있다. 이제 때가 된 건가?

사진 속 남자의 얼굴이 낯익었다. 어디서 봤더라. 고개를 갸웃하고 있는데, 그가 돌아서며 물었다.

"거기 계속 그러고 있을 거야?"

"이 남자요."

내가 남자의 사진을 가리키자 그의 눈빛이 적대감으로 번뜩였다.

"당신이 신경 쓸 일 아니야."

"저, 이 남자 본 적 있어요. 오늘 집에 찾아왔었어요. 부동산에서 왔다면서."

순간 그의 몸이 휘청거렸다. 하얗게 질린 얼굴, 파르르 떨리는 입술, 분노로 가득 찬 그의 눈동자가 주는 위압감은 소름이 돋아날 정도였다.

"괜찮으세요?"

다가가 팔을 부축하며 묻자, 그가 나의 손을 뿌리치며 물었다.

"그래서?"

"집 내놓은 적 없다고 했어요. 집 보러 왔다고 해서……."

"지금 이 남자랑 이야기를 했다는 거야?"

고개를 끄덕이자 그의 얼굴이 분노로 일그러졌다. 지금 보이는 모든 행동들이 두려움을 이겨 내기 위한 행동처럼 느껴져 나는 그의 등에 살며시 손을 올렸다.

"당장 짐 챙겨."

"네?"

"당장 짐 챙기라고!"

심장이 바닥으로 뚝 떨어지는 기분이었다.

chapter 3
사랑받고 싶어서

그녀는 포슬포슬한 옥토에서 따스한 햇살을 받고 자란 해바라기 같았다. 그녀가 환한 미소를 머금을 때면 태양 빛을 닮은 향기마저 느껴졌다. 말랑말랑하고 부드러운 그녀는 자신이 간호사라는 사실을 나에게 인지시키기 위해 딱딱하게만 굴었다.

　현관에서 처음 그녀를 마주했을 때, 도를 넘은 강 실장의 간섭에 화가 치밀어 올랐다. 강 실장이 내민 이력서에서 그녀의 출신 학교와 근무 경력 정도를 본 게 전부였다. 절대 집 안으로 들일 생각은 하지 말라고 했건만, 끝내 강 실장은 개인 간호사라는 미명하에 그녀를 집 안으로 끌어다 놓았다.

'개인 간호사 따위가 필요할 만큼 내가 심각한 환자란 말인가?'

금방이라도 울음을 터뜨릴 것 같은 얼굴을 하고선 아무렇지 않은 척 구는 그녀의 태도도 마음에 들지 않았다. 차라리 울음이라도 터뜨리고 도망가라고 일부러 머리 위에 독한 술을 들이부었는데 그녀는 아무렇지 않은 척 행동했다. 여전히 눈물을 머금은 눈빛을 하고 말이다.

수면 유도제 없이는 잠을 이룰 수 있는 날이 없었기에 약을 거른 적이 없었다. 그런데 그녀가 내민 알약을 보고 괜한 오기가 생겨났다.

대체 이 약이 뭐라고, 난 이 약이 없으면 잠조차 이룰 수 없단 말인가. 잠이 들면 끔찍한 악몽만 되풀이되는 것을, 잠은 자서 뭐하나.

나도 모르게 긴장감 가득한 현실이 버거워 누군가에게 시비라도 걸고 싶었는지 시답지 않게 그녀를 농간했다. 약 한 번 먹여 보라고.

'울어 버려. 그런 얼굴로 그러고 있지 말고, 차라리 울고 도망가.'

그런데 그녀의 대범한 행동에 나는 할 말을 잃고 말았다. 붉은 입술 사이에 알약 두 개를 물고 다가오는 그녀의 모습은 참으로 묘했다. 시키는 일은 뭐든지 다 하겠다는 그 태도에 신물이 올라오면서도 대체 어느 선까지 그녀가 움직일지 궁금하기도 했다.

어쨌든 약은 먹어야 했기에 나는 그날도 알약 두 개를 꿀꺽 삼켜 버렸다.

그날 밤, 끔찍한 꿈은 어김없이 반복되었다. 벗어나기 위해 아무리 발버둥을 쳐도 벗어날 수가 없었다. 손을 뻗어 어머니의 손을 잡고 달아나고 싶었지만 움직일 수 없었다. 그저 수천, 수만 번 반복되는 그 참혹하고 잔인한 장면을 힘없이 바라보는 수밖에.

잇새로 비명을 내지르며 몸을 비트는 게 내가 할 수 있는 전부였다. 그때 누군가의 목소리가 들려왔다.

"일어나세요."

터질 듯 내달리는 나의 심장 위에 작은 손이 올라와 있었다. 벽에 붙은 할로겐등이 켜졌고, 희미한 불빛이 흐르는 방 안에 그녀의 얼굴이 눈에 들어왔다. 또다시 울음을 터뜨릴 것 같은 얼굴로 나를 걱정스레 바라보고 있는 여자.

'당신, 날 위해서도 그렇게 울어 줄 건가?

20년 전, 아버지는 어머니 앞에서 살해당했고 10년 전, 어머니는 내 앞에서 살해당했다. 어머니께 끔찍한 고문을 행하며 놈이 말했었다. 나한테 죽고 못 사는 소중한 사람이 생기면 그 앞에서 나도 이렇게 해 주겠다고.

세상엔 두 가지 부류의 사람이 있다고 했다. 잃을 게 없는 사람과 잃어도 되는 사람. 남자는 자신은 전자이고, 나는 후자에 속한다고 했다.

잃어도 되는 사람이라는 게 세상에 존재할까?

모든 것을 잃는 동안 살을 도려내는 것만큼이나 아팠다고 말하는 그는 일그러진 세상이 만들어 낸 괴물 같은 인간이었다.

20년 전에도, 10년 전에도 그는 교묘하게 부동산 핑계를 대며 집 안으로 발을 들였다. 처음엔 어머니가 그를 맞았고, 그다음엔 내가 그를 맞았다. 그리고 오늘, 그녀가 혼자 있는 집에 놈이 왔다. 주말마다 그녀와 함께 병원으로 향하기 위해 외출을 했던 게 화근이었다.

나도 모르게 그녀를 보며 환한 미소를 짓고 있었다는 것을. 그녀에게 짓궂은 장난을 치고 있다는 것을. 그렇게 강한 척하지 말고 내 앞에선 울음을 터뜨려도 된다며 일부러 가끔 더 못되게 굴기도 한다는 것을. 그놈도 눈치챈 것일까?

어머니께서 돌아가신 직후엔 죽음이 두려웠다. 그러나 시간이 흐를수록 이런 나의 삶이 더 두려워졌다. 소중한 사람이 나의 죽음을 지켜보고 이와 같은 삶을 살아야 한다면 그것보다 더 끔찍한 건 세상에 존재하지 않을 것이라 여겼다.

나에게 소중한 이가 생기지 않는다면 놈이 그런 일을 벌일 수 없을 거라 생각했다. 그래서 곁에 있는 모든 사람들에게 감정적 연결 고리를 갖지 않았다. 그런데 영원한 것은 없다는 듯 그녀가 나타났다.

혹시나 그녀가 깰까 싶어 어두운 호텔 방 안의 그 어떤 등도 켜지 못하고 그저 밤빛에 의지해 잠든 그녀의 얼굴을 바라봤다. 언제나 내가 잠이 든 것을 확인한 후에야 잠을 청하는 그녀였다.

처음 안았을 때 느꼈던 환희에 이끌려 밤마다 그녀를 품었고 그 덕에 난 수면 유도제 없이도 잠에 들 수 있었다. 하지만 이런 상황에서 그녀를 안을 수는 없었다. 그렇다고 약을 삼키는 것은 놈에 대한 두려움을 수긍하는 것 같아 싫었다.

그런데 잠이 든 그녀의 모습을 마주하자 그녀가 주는 온기와 부드러운 살 내음이 그리워 몸서리가 날 지경이었다.

'내가 아무리 모질고 못되게 굴어도 견뎌. 나란 놈이 죽
어 없어지게 된다면, 그때 덜 상처 받도록 나를 나쁜 놈이라
기억해. 대신 내 눈앞에서 사라지지 마. 그럼 정말 미쳐 버
릴지도 모르니까.'

　나는 일으켰던 몸을 침대에 풀썩 쓰러뜨렸다. 그 충격 때
문인지 곱게 눈을 감고 있던 그녀의 눈꺼풀이 움직였다.

　"잠이 안 와요? 또 나쁜 꿈 꿨어요?"

　잠에 취한 그녀의 목소리가 그리움으로 부풀어 오른 나
의 가슴을 툭 터뜨려 버렸다. 그녀의 작고 따스한 손등이 뺨
언저리를 훑고 내려갔다.

　"왜 묻지 않지?"

　"제가 묻는다고 해서 들을 수 있는 대답이 아니니까요."

　그 어떤 설명도 하지 않고 서울 도심에 있는 호텔 스위트
룸으로 끌고 와서는 듣도 보도 못한 이름으로 체크인을 하
는 동안에도 그녀는 아무것도 묻지 않았다. 나에게 대답할
여유도 의무도 책임감도 없다는 듯이 말이다.

　그녀는 빙긋이 웃으며 내 뺨을 쓸어내렸다.

　전부를 다 줄 것처럼 굴지만 저 멀리 서 있는 여자. 거리
를 좁히려 들면 간호사라는 타이틀로 내 발목을 꽁꽁 묶어

버리려는 여자가 무장해제되는 순간이 있기는 했다.

뺨 위에 닿은 손을 잡아당기며 그녀의 몸을 내 안에 가두듯 끌어안았다. 재치 있는 말솜씨로 사람을 농락하는 그녀의 입술이 그 어떤 문장도 내뱉지 못하도록 한 번에 머금었다. 입술이 부딪치자 길을 내어 주듯 그녀의 뜨거운 입술이 슬며시 벌어졌다. 말캉한 그녀의 입안은 언제나처럼 뜨겁고 달콤했다.

'놈이 잡힐 때까지 한시도 내 눈앞에서 떠나지 마. 그동안 내가 모질게 군다 해도, 끝내 내가 잘못된다 해도……. 충격은 받겠지만 상처는 받지 마라.'

허리를 바짝 끌어안자 작은 몸이 파르르 떨리는 게 느껴졌다. 그녀가 무장해제되는 순간이 다가오고 있음에 작은 몸을 더욱 꼭 끌어안았다. 하지만 나의 가슴은 채워지지 않았다.

'만약 내가 잘못되었는데 당신이 전혀 상처 받지 않는다면 그것도 참 아플 것 같다.'

심장이 시큰해졌다. 품에 안고 있음에도 그리워서 가슴이 미어지는 것만 같았다.

✿　　　✿　　　✿

눈부신 햇살 한 조각이 커튼 사이로 스며들었다. 공간의 틈을 갈라놓은 채 선명하게 방으로 들어온 빛은 얄궂게도 내 얼굴 위로 쏟아져 내렸다. 눈을 감고 있음에도 뚜렷하게 느껴질 만큼 아침 햇살은 강렬했다.

손바닥으로 앞을 가리며 슬며시 눈을 뜨자 커튼 옆에 서 있는 인영이 보였다. 빛이 꿰뚫고 지나가는 자리에서 조금 비켜서 있는 그의 모습은 그저 어둡기만 했다.

"언제 일어나셨어요?"

"30분 전에."

일부러 나를 깨우려고 커튼을 젖혀 놓은 모양이었다. 협탁 위에 놓인 시계를 보니 이제 막 7시가 넘어 있었다.

"오늘부터 사무실로 따라 나와."

"네?"

"부탁 아니야. 무조건 나와."

딱딱하게 말을 내뱉은 그는 나의 대답은 들을 필요도 없다는 듯 쌩하니 나가 버렸다. 새벽에는 연인이라도 되는 양 다정히 굴었던 남자가 아침이 되자 완벽하게 다른 사람처럼 느껴졌다.

'어제 일 때문에 신경이 쓰이는 거겠지.'

그렇게 생각하면서도 심장 한구석이 시큰하게 아파 왔다. 결국 이렇게 되리라는 것을 알지 못했다고 하면 거짓일 테지만 그래도 아픈 건 아픈 거였다.

　대강 샤워를 마치고 옷을 갈아입은 뒤 방 밖으로 나가자 잔뜩 굳은 얼굴로 식탁 앞에 앉아 있는 그가 보였다.

　"와서 먹어."

　아침 식사를 권하는 그의 말투는 그저 딱딱하기만 했다. 나는 가만히 식탁 의자에 앉아 그가 시키는 대로 식사를 시작했다. 평소 아침 식사를 가볍게 하는 편이어서 그런지 밥을 넘기는 게 쉽지 않았다.

　"강요하지 않을 테니까, 먹기 싫으면 그만 들지?"

　"그럴게요."

　장난기조차 사라진 모습에 심장이 오그라드는 기분이었다. 사춘기 소년 같았던 그가 지금은 그저 차가운 타인의 모습을 하고 있었다. 하지만 차갑게 굳어 있는 그를 이완시키는 것도 나의 몫이었다.

　"사무실엔 왜 나가야 하는지 물어도 돼요?"

　"나오라면 나와."

　"제가 나가도 괜찮으신가요? 간호사를 데리고 다닐 만큼 건강에 문제가 있다고 소문이라도 난다면……."

　그는 크게 숨을 들이마시며 두 눈을 질끈 감았다. 그러고는 천천히 숨을 내쉬며 눈꺼풀을 움직여 나를 바라봤다.

　"그건 내가 알아서 할 문제야. 당신은 나한테만 신경 쓰면 되는 거 아닌가?"

그의 매서운 눈빛은 텅 비어 있었다.

"그렇게 할게요. 당신이 원한다면."

빙긋이 미소를 머금으며 그를 바라봤다. 그러자 텅 빈 그
의 눈동자가 잠시 동요하는 듯했다. 금세 다시 서릿발이 어
린 눈빛으로 돌아와 버리고 말았지만.

그는 개인 간호사를 고용해야 할 만큼 힘든 사람이었다.
그동안 그가 너무도 정상적인 모습을 보여 왔기에 해이해진
것이라 여기며 나는 마음을 가다듬었다. 혼자서 마음먹었던
것들도 떠올려 보았다.

그에 대한 마음이 연민에서 연정이 된 순간까지.

어차피 계약 기간 동안 혼자서 하기로 한 사랑이었다. 그
에게 바라는 것이 없어진다면 오히려 마음이 편안해질 것이
다. 난 주기만 하면 되는 거니까.

회사 건물 지하에 있는 그의 전용 주차 구역에 차를 주차
하고, 임원진만 이용할 수 있다는 엘리베이터를 타고 사장
실까지 올라온 덕에 특별히 마주친 이는 없었다.

그와 함께 사무실에 들어서자 비서로 보이는 여직원 세
명과 강 실장이 자리에서 벌떡 일어났다.

"나오셨습니까?"

그들은 마치 내가 이곳에 올 것을 미리 알고 있었다는 듯

놀란 기색을 전혀 내비치지 않았다.

"준비는 다 됐나?"

"네."

성큼성큼 걸음을 옮기는 그의 뒤를 따라 방 안으로 들어섰다. 그의 책상 옆에 급하게 마련한 듯한 책상이 하나 보였다.

"어제 지시한 일은 상황이 변하는 대로 내가 어디에 있건 그 즉시 보고해. 사장실 주변에 아무도 오지 못하게 하고. 당분간 예정에 없던 외부 미팅은 잡지 마. 오늘 일정은?"

"점심때 이사들과 정기 경영 전략 오찬 자리가 있습니다."

강 실장의 보고에 그는 알겠다며 고개를 끄덕였다. 그의 미간에 미세한 주름이 잡히기 시작했다.

"저녁에는 장학 재단 수혜 학생들과 정찬 자리가 있습니다. 참석하시겠습니까?"

그 물음에 그의 미간 주름이 더욱 깊어졌다.

"해야지."

"오전 중으로 ERP* 시스템 내에 있는 결제 라인 승인 부탁드립니다."

"그러지."

---

*ERP:Enterprise Resource Planning, 기업 자원 관리.

그에게 꾸벅 인사를 한 강 실장은 나에게 빙긋이 미소를 보내고는 방을 나섰다. 그런 강 실장의 뒷모습을 지켜보고 있자 심술 맞은 목소리가 들려왔다.

"뭘 그렇게 봐?"

고개를 돌려 그의 얼굴을 마주하자 의미를 알 수 없는 묘한 시선이 눈에 들어왔다.

"그냥 나가시는 거 본 건데요?"

나의 말에 기가 차다는 듯 헛웃음을 짓더니, 그가 옆에 자리한 텅 빈 책상을 가리켰다.

"저기 앉아."

"넵!"

"뭐가 그렇게 신나?"

시큰둥한 그의 물음에 나는 밝게 미소 지으며 푹신한 사무용 의자에 몸을 기대앉았다.

"사장실이 이렇게 생겼네요."

"뭐?"

"살면서 금융회사 사장님 방을 다 구경하게 될 줄은 몰랐어요. 엄청 넓네요? 송이 씨 아파트만 한 것 같아요."

고개를 갸웃하며 그를 바라봤다. 그러자 그가 또다시 미간을 구기며 언짢은 표정을 지었다.

"그 앞에 노트북 있지?"

"네, 조용히 이거 갖고 놀라는 뜻이죠?"

기막혀하는 그의 표정은 참으로 볼만했다. 세상이 끝날 것처럼 심각한 표정을 짓느니 차라리 어이없는 표정이라도 짓게 하는 편이 낫지 않을까 싶어 일부러 짓궂게 말을 내뱉은 것이었다.

어제까지만 해도 그는 '재미있는 여자가 눈치도 참 빨라'라며 말을 덧붙였을 텐데, 무심하게 시선을 돌리며 자리에 앉을 뿐이었다. 슈트 재킷을 아무렇게나 벗어 옆에 놓기에 나는 자리에서 벌떡 일어나 그의 책상 옆으로 다가갔다.

"뭐야?"

"이거 걸어 두려고요."

빙긋이 웃으며 슈트 재킷을 집어 들자, 그의 표정이 미묘하게 변해 갔다. 손만 뻗으면 닿을 거리에 있는 그가 참으로 멀게 느껴졌다. 그는 이내 시선을 두 개의 모니터로 옮겼다.

그의 뒤편에 자리한 옷장 문을 열자 냉장고처럼 생긴 내부가 나타났다.

"이게 그 CF에 나오던 스타일러인가."

혼자서 조용히 읊조렸다고 생각했는데, 그가 탁 소리 나게 펜을 책상 위에 내려놓았다. 나는 얼른 그 안에 옷을 걸어 두고 문을 닫았다.

자리로 돌아가기 위해 몸을 돌렸지만 그가 바로 뒤에 서 있는 바람에 꼼짝없이 걸음을 멈출 수밖에 없었다.

"조용히 하라고 했을 텐데?"

"미안해요. 방해할 생각은 아니었어요. 조용히 할게요."

"내가……."

그의 목소리가 음산하게 가라앉았다.

"무슨 짓을 해도 조용히 해."

말을 마침과 동시에 그의 입술이 내 입술 위로 내려앉았다. 내내 차갑게 굴던 그의 입술은 그저 뜨겁기만 했다. 깊고 깊은 입맞춤에 신음이 새어 나올까 두려워 목울대에 잔뜩 힘을 주자 그가 더욱 거세게 입술을 빨아들이기 시작했다.

언제나 키스에서 끝나 버리는 법이 없었기에 긴장감과 기대감으로 심장이 터져 버릴 듯했다. 그 순간 그가 입술을 떼어 냈다.

"가서 앉아. 일해야 하니까."

아쉬움에 나는 애써 고개를 끄덕이고는 그가 가리킨 자리로 향했다. 자리에 앉자마자 커다란 책상 한가운데에 놓인 노트북의 전원을 켰다. 그리곤 조심스럽게 인터넷 창을 클릭했다.

금융사 사장 자리에 있는 그였다. 이는 언론에 노출되기 쉬운 자리에 있다는 뜻이었다.

그의 악몽의 원인이, 갑자기 바뀐 태도에서 느껴지는 불안감이 어머니의 죽음과 관련된 것이라면 어딘가에 흔적이 남아 있지 않을까 싶었다.

검색창에 조심스레 그의 이름 두 글자를 쳐 보았다. 그가 얼마나 대단한 사람인지 보여 주듯 엄청난 자료들이 쏟아지기 시작했다.

하지만 넘쳐 나는 자료들 중에서 그의 신변과 관련된 기사는 전무했다. 대부분이 그의 업무 영역과 관계한 경제 뉴스와 투자 뉴스였다. 오전 내내 수백 개의 인터넷 신문 기사를 읽어 보았지만 그의 부모님과 관련한 뉴스는 한 자락도 발견할 수 없었다.

정신없이 기사를 검색하는 동안 점심시간이 다가왔다. 그는 오찬 모임이 있다며 여비서와 함께 식사하라는 말을 남기고 강 실장과 함께 집무실을 나섰다.

"식사하러 가실까요?"

세 명의 여비서 중 가장 나이가 많아 보이는 여자가 말을 걸어왔다. 그녀의 가슴에는 '과장 윤수미'라고 적힌 금색 명찰이 반짝거리고 있었다.

"네, 과장님."

나보다 적어도 열 살은 더 많아 보이는 그녀가 회사 근처에 있는 한정식집으로 사람들을 이끌었다. 함께한 다른 두 명의 비서는 내 또래로 보이는 여자들이었다.

검은색 비즈니스 슈트를 입고 가슴에 빛나는 금색 명찰을 달고 있는 그녀들은 화사하게 화장한 얼굴에 짧은 단발을 하고 있었다. 아나운서와 비교해도 손색없는 모습은 무척이나 세련되고 아름다웠다.

주문을 마친 뒤, 윤 과장이 잠시 자리를 비웠다. 그사이 맞은편에 앉은 두 명의 비서들이 서로 눈치를 보는가 싶더니 그중 '대리 김주희'라고 적힌 명찰을 단 여자가 입을 열었다.

"저, 사장님 개인 간호사이시면 사장님이랑 같이 사시는 거예요?"

아이돌 스타의 근황을 궁금해하는 10대 소녀처럼 그녀가 얼굴을 붉히며 물었다.

"간호사로서 곁을 지키고 있을 뿐입니다."

"근데 사장님 어디가 아프신 거예요?"

김 대리의 물음에 옆에 앉은 여비서가 기다렸다는 듯이 입을 열었다.

"대리님, 정말 모르세요?"

"뭐가? 현아 씨는 뭘 안다고 그렇게 말해?"

"몇 년 전에 찌라시 살벌하게 돌았잖아요. 그거 아직 인터넷 커뮤니티 어딘가에는 남아 있을걸요? 사장님 어릴 때 사회 공포증이 심했대요. 그래서 어머니 돌아가시고 회사 지분이 사장님께 넘어가는 걸 대주주들이랑 이사들이 엄청 싫어했대요."

"정말?"

뭘 아느냐고 다그쳤던 김 대리가 눈을 휘둥그렇게 뜨며 되물었다.

"그게 나이가 어리고 경력이 없어서가 아니라, 사장님의 개인적인 문제 때문이었다고?"

"네, 그래서."

내가 저지할 틈도 없이 여자는 빠르게 입을 놀리기 시작했다.

"그래서 무슨 수를 써서라도 대표 자리에는 앉지 못하게 하려고 했었대요. 어머니 돌아가시고 사장님 미국으로 유학 가셔서 와튼 스쿨에서 MBA까지 마치고 오셨잖아요. 그게 실은 우울증을 치료하기 위해 간 거라고 하더라고요. 아무래도 우리나라보다는 그런 정신 질환 치료에 관대한 나라니까요."

"근데 그게 어떻게 소문이 돈 거야?"

꽉 막힌 방이라 엿들을 이도 없는데 김 대리가 목소리를 죽이며 속삭였다.

"대표 자리에 못 앉게 하려고 이사진이 미국에서 사장님을 치료했던 테라피스트를 매수했대요. 그래서 인터뷰를 따긴 했는데, 그때 사장님 부모님 때부터 함께 일하던 강 실장님이 기사를 막았대요."

"와, 현아 씨 가십에 밝은 건 알았는데 정말 대박이다."

이 정도 가십이야 얼마든지 돌 수 있었다. 그런데 마치 그 가십이 사실임을 증명하듯 간호사인 내가 이 자리에 앉아 있다는 것이 참 불편하기만 했다.

"그 가십이 사실인지는 모르겠지만 결정 권한이 많고 그에 대한 책임감이 크신 분들은 종종 수면 장애나 섭식 장애를 겪곤 하죠. 사장님께서 이끄는 직원만 1,500명이고 그 가족까지 합하면 수천 명의 생계를 책임지고 있어요. 그런 사실을 감안한다면, 사장님의 책임감이 얼마나 무거울지 상상하실 수 있으신가요?"

내 물음에 여자들이 입을 꾹 다물었다.

"본인 몸 챙길 시간조차 없는 분이세요. 그래서 제가 함께 하는 거고요. 간호사라는 이름으로 사장님 곁에 있지만 건강관리를 하는 정도예요."

그 가십을 알고 있는 모든 이들에게 이렇게 변명을 하고 다닐 수는 없겠지만, 그와 가장 가까운 곳에서 일하고 있는 사람들이 그에 대해 제멋대로 떠드는 것은 상당히 불쾌했다.

"분위기가 왜 이래?"

찬물을 끼얹은 듯한 분위기에 자리로 돌아온 윤 과장이 고개를 갸웃하며 여비서들의 얼굴을 살폈다.

"처음 뵙는 자리다 보니, 서먹해서요."

내가 조용히 대답을 덧붙이자 그녀는 고개를 끄덕이면서도 석연치 않다는 표정을 지었다. 점심시간 이후에 저들이 윤 과장에게 소집될 확률은 100%인 듯했다.

식사를 마치고 그의 집무실로 올라온 나는 현아 씨가 이야기했던 찌라시와 관련한 내용을 검색하기 시작했다. 보통 찌라시에는 이름이나 회사명이 정확히 공개되지 않기에 조금 전 검색에 걸리지 않았던 것 같았다.

은행장 아들, 최연소 금융사 대주주, 우울증을 겪고 있는 금융사 대표……. 온갖 검색어를 조합해 봤다. 그때, 이미 없어진 개인 홈페이지 자료 중 웹상에 저장된 페이지로 열리는 글을 하나 발견했다.

A 군이 열한 살 때 아버지가 살해당함, 그리고 정확히 10년 뒤 스물한 살 되던 해에 어머니가 살해당함. 범인은 같은 사람이라고 함. 원한 관계에 의한 살인이라 추측함. 범인은 A 군 아버지가 행장이었던 은행에서 대출을 받으려 했는데 거절당했다고 함. 그 때문에 이혼을 당하고 아이들도 보지 못했다고. 자신을

그렇게 만든 이도 똑같이 당해야 한다며 분노했다고 전해짐.

A 군 아버지에게 대출을 거절당한 이를 전부 조사했지만 찾지 못했다는 이야기도 있고, 용의 선상에 오른 이가 너무 많아 곤란했다는 말도 있음. 이후 A 군은 극심한 수면 장애와 우울 증세를 보이고 있음. 여기서 중요한 점은 A 군이 부모님의 죽음으로 B 금융사의 최대 주주가 되었다는 사실임. 주주총회를 앞두고 불만을 품은 이사들이 A 군의 치부를 밝히려 했으나 실패했다고. A 군은 미국의 W스쿨에서 MBA를 수학했으며, 수재라고 함.

짧고 모호한 그 글 아래에는 수백 개의 댓글이 달려 있었다.

―말도 안 돼. 그 금융사면 자산 규모가 얼만데? 집에 경비나 경호원도 없냐?

―평소 검소한 생활을 하기로 유명했던 집안임. 살던 곳도 초호화 주택이 아닌, 그저 평범한 아파트였음.

―그럼 아버지 돌아가시고 난 후에도 똑같은 일을 당했다는 건데, 너무 안이한 거 아닌가? 그런 일을 당했으면 더 조심했어야지.

―그건 나도 의문임. 근데 사람이 항상 조심하다가도 한순간

에 방심할 때가 있잖음? 그런 경우일 수도 있지. 10년 후에 다시 나타날 거라고 상상이나 했겠음?

　―소설 쓰고 있네. 이 글 지워라. 그러다 A인지, B인지한테 고소당한다.

　―범인은 잡혔다고 함? 무섭다. 이게 사실이면.

　―못 잡은 걸로 앎. 사건이 자세히 밝혀지지 않아서 잘 모르겠음.

　대부분이 옥신각신하는 내용이었고, 수개월이 지난 후 새로운 내용의 댓글이 하나 달렸다.

　―결국 A가 대표 됐더만. 어린놈이 잘났으니까 이상한 소문이 돈 거지.

　그저 소문이라고만 치부하기엔 그가 보이는 행동, 그가 했던 말과 일치하는 부분이 상당했다. 그럼 그가 지금 이렇게 불안해하는 이유는 잡히지 않았다는 범인 때문일까. 그의 불안함의 원인이 막연한 과거 속 기억이 아닌 현존하는 대상이라면.

　갑자기 가슴 한편이 답답해지는 것 같았다.

　"뭘 그렇게 열심히 들여다봐?"

언제 들어왔는지 그가 책상 옆에 서서 모니터로 시선을 옮기고 있었다. 나는 자리에서 벌떡 일어나 재빨리 손을 뻗어 랩톱을 닫아 버렸다.

"개인적인 일입니다."

"남한테 들키면 안 되는 거라도 보고 있었나?"

오찬 모임에서 주위가 환기된 덕인지 잔뜩 굳어 있던 그의 얼굴이 어느 정도 풀어져 있었다.

"아, 아뇨."

"그렇게 대답하는 게 더 수상한데?"

그는 얼굴을 삐뚜름하게 기울이며 그에 어울리는 틀어진 미소를 지었다. 그의 손이 랩톱을 향해 다가오고 있었다. 나는 얼른 손을 뻗어 랩톱을 품 안에 끌어안았다.

"안 돼요!"

몰래 뒷조사를 하고 있었다는 사실을 들킨다면 그땐 그의 분노가 감당할 수 없는 수준으로 치솟을 것이 분명했다.

"뭘 보고 있었는데 안 된다는 거야? 좋은 거면 같이 보지?"

그가 뒤로 다가오는 게 느껴졌다. 랩톱을 빼앗기지 말아야 된다는 생각에 손아귀에 힘을 줬다. 그런데 그의 숨결이 목덜미에 와 닿기 시작했다. 깊게 들이마시고 내뱉는 숨소리에 저절로 눈이 감겼다.

그의 날숨과 들숨소리는 배 속이 간질거릴 만큼 자극적

이었다. 그는 커다란 손으로 나의 어깨를 어루만지고 팔뚝을 훑고 내려와서는 팔꿈치를 부드럽게 움켜잡았다. 자극적인 숨소리를 내뱉던 그의 입술은 어느새 귓불 근처를 맴돌며 스리슬쩍 입술을 부딪쳐 댔다.

아주 미세한 자극에 흐트러지고 있는 나를 그도 눈치챘는지 피식거리는 웃음소리가 들려왔다. 나는 절대 랩톱을 내놓을 수 없다는 생각에 두 손에 더욱 힘을 주었다. 그 순간 그가 품 안으로 나를 훅 끌어당기며 귓불을 거세게 빨아들였다.

갑작스러운 그의 행동에 손에 힘이 빠져 버렸고 꼭 쥐고 있던 랩톱이 아래로 주르륵 흘러내렸다.

"나이스 캐치."

몸을 타고 흘러내리는 랩톱을 받아 든 그가 짓궂게 웃었다. 순간 정신이 번쩍 든 나는 정색을 하며 말했다.

"주세요. 개인적인 일이에요."

"얼마나 개인적인 일인 건데?"

당신이 상처 받을 만큼 중요한 일.

그저 가만히 까만 눈동자를 응시하고 있자 그의 눈빛이 미묘하게 변해 갔다.

"그럼, 한번 가져가 봐."

집무용 의자에 기대앉으며 그가 등과 등받이 사이에 랩

톱을 끼워 넣었다.

"내가 보면 안 되는 개인적인 일이라며. 한번 가져가 봐."

그는 여유로운 미소를 흘리며 펜을 집어 들고 책상 위를 톡톡 두드렸다. 이런 상황을 두려워할 리 없다는 걸 그는 아직도 모르는 것일까. 내가 지금 두려운 건 그가 상처 받는 상황인데 말이다.

나는 발걸음을 옮겨 성큼성큼 집무실 입구로 다가갔다. 딸각 하는 소리와 함께 문을 잠그자 그의 눈이 휘둥그레졌다.

"문도 안 잠그시고 이런 장난을 시작하신 건가요?"

그의 곁으로 다가서자 여유로운 미소가 가득했던 얼굴이 긴장감으로 굳어지고 있었다. 나는 보란 듯이 그의 허벅지 위에 엉덩이를 올리고 앉았다. 두 팔로 목을 감싸 안는 나의 행동에 그의 얼굴에 묘한 기대감이 어렸다.

"비겁한데?"

"누가 먼저 비겁하게 굴었는데요?"

그의 얼굴에 짓궂은 표정이 가득해졌다. 오전 내내 숨기고 있던 사춘기 소년 같은 얼굴이 다시 드러나는 반가운 순간이었다. 나는 목을 감싸고 있던 팔을 풀고 두 손으로 그의 뺨을 감쌌다.

'아프지 마요. 상처 받지도 마요. 나는 당신한테 절대 상

처 주지 않을게요.'

코끝이 스칠 만큼 가까이 다가가자, 그가 더운 숨을 내뱉으며 두 눈을 감았다. 살짝 벌어진 입술 사이로 보이는 그의 붉은 입안에서는 매끈한 윤기가 흐르고 있었다. 나는 달콤한 맛이 느껴질 것만 같은 그의 입술을 천천히 머금었다.

혀로 입술을 핥아 낸 뒤 입안으로 들어가자 그의 두 팔이 허리를 휘감아 오는 게 느껴졌다. 입안으로는 그의 낮은 음성이 쏟아져 내렸다. 말캉한 혀가 단단하게 부딪치며 입안이 빈틈없이 차올랐다.

뺨을 그러쥐고 있던 손을 옮겨 그의 목을 힘껏 끌어안았다. 넓은 가슴이 나의 젖가슴을 누르는 게 느껴졌다. 또한 오른쪽 허벅지 바깥 부분에서 단단하게 익어 가는 그의 존재도 느껴졌다.

일부러 엉덩이를 살짝 들어 올리며 그를 자극해 보았다. 그 작은 움직임이 만들어 낸 파장은 생각보다 훨씬 컸다. 자리에서 벌떡 일어난 그는 나를 의자에 앉혔다. 그리고는 의자를 한껏 뒤로 젖혔다.

그의 얼굴이 내 목덜미에 파묻힌 순간, 등 뒤에서 딱딱한 물건이 느껴졌다. 나는 손을 뒤로 돌리며 랩톱을 잡았다.

"나이스 캐치."

턱 아래 움푹한 곳에 입술을 묻고 있던 그의 움직임이 멈쳤다. 피식 웃음을 짓고 있는 그의 얼굴이 느껴졌다. 얼굴을 든 그가 재미있다는 표정을 지으며 나를 내려다봤다.

"저녁에 정찬 모임 있다면서요. 그것도 장학 재단 수혜 학생들이랑. 구겨진 옷을 입고 참석하면 되겠어요?"

등을 똑바로 세우며 나는 그의 어깨를 슬쩍 뒤로 밀었다. 그러고는 등 뒤에 있던 랩톱을 집어서 무릎 위에 얌전히 내려놓았다.

"뒤에 옷장, 어떤 기능이 있는지 다 봤잖아."

"어머! 그럼 구겨진 옷을 거기에 넣어 놓고, 그동안 벗고 계시려고요? 상당히 음란하시네. 설마 드시는 약이 노출증 때문은 아니죠?"

그의 얼굴에 환한 미소가 떠올랐다. 커다란 미소 한 방에 묵직하게 굳어 있던 가슴이 스르륵 녹아내리는 것 같았다.

의자에 기댔던 몸을 바로 일으켜 세우며 그가 또다시 짙은 미소를 머금었다. 그러더니 단번에 걸음을 옮겨 옷장 앞에 섰다. 옷장을 열자 그곳에는 여벌의 양복과 드레스 셔츠가 걸려 있었다.

"됐지?"

"그게 다 뭐예요?"

시치미를 뚝 떼고 물었다. 예기치 못한 상황을 대비해 미리 마련해 놓은 것 같지만, 그 후보군에 지금의 상황도 있었는지는 알 수 없었다.

"옷만 안 구겨지면 되는 거잖아. 뭐했는지 안 볼 테니까 그것부터 좀 내려놓지?"

나는 그와 시선을 마주한 채 뒷걸음질 치며 내 자리로 향했다. 제일 첫 번째 서랍을 열고 그곳에 랩톱을 넣은 뒤 쿵 소리가 나도록 닫아 버리자 그의 긴 한숨 소리가 들려왔다.

그와 동시에 그는 하프 윈저 노트로 매인 넥타이를 풀어 내렸다. 넥타이를 자신의 집무용 책상 위에 내려놓으며 그가 낮은 목소리로 읊조렸다.

"이리 와."

그 말에 이끌려 그의 앞으로 다가가기 무섭게 커다란 손이 허리에 감겼고, 입술이 겹쳐졌다. 방금 전에는 의자를 선택했던 그가 마음을 바꿨는지 책상 앞으로 나를 밀어붙였다.

허벅지 뒷부분에 책상 모서리가 닿자마자 입술이 떨어졌고 그에 의해 몸이 돌려세워졌다.

허리 뒤편에 그의 손이 닿으며 스커트 지퍼가 내려가는 소리가 들려왔다. 진회색 스커트가 바닥으로 툭 떨어지자 그가 몸을 숙여 그것을 의자에 걸쳤다.

"당신 옷도 구겨지면 곤란할 테니까. 이따 정찬 모임에 함께 갈 거야. 그렇게 알고 있어."

얇은 레이스 팬티를 엉덩이 한쪽으로 젖힌 그가 안을 가르고 들어왔다. 이미 긴장감 넘치는 랩톱 쟁탈전으로 촉촉이 젖어 있던 곳이 그를 매끄럽게 받아들였다.

"으응."

작은 신음이 절로 새어 나왔다. 순간 무슨 짓을 해도 조용히 하라고 했던 그의 말이 떠올라 얼른 입을 꾹 다물었다.

"그 정도 소리로는 절대 밖까지 안 들려. 도움을 요청하려면 더 크게 소리쳐야 할걸?"

순간 그가 허리를 크게 움직이며 쑥 빠져나갔다가 깊게 찌르고 들어왔다.

"하앗. 밖에 도움을 요청해야 할 만큼 사장님 능력이 부족한 건가요?"

"뭐?"

천천히 움직이던 그의 허리짓이 속도를 더해 가기 시작했고, 덩달아 책상 모서리를 움켜쥔 나의 손아귀에도 힘이 들어가기 시작했다. 앞으로 튕겨져 나갈 듯 거세게 몰아치는 그의 움직임에 숨이 턱 막힐 것 같았다.

"정도껏 해. 지금도 미치겠으니까."

잔뜩 쉰 음성으로 낮게 대꾸한 그가 이제부터 행위에만 집중하겠다는 듯 속도를 높여 갔다. 조용한 사무실 안에서 이뤄진 정사는 생각했던 것보다 훨씬 더 야했다. 벽 하나를 사이에 두고 식사를 함께했던 비서들과 나를 채용한 강 실장은 평범한 일과를 보내고 있을 거란 생각이 들자 머리카락이 쭈뼛 서는 것 같았다.

그와 동시에 나는 그에게 고용된 간호사라는 사실이 불현듯 머릿속을 스치고 지나갔다. 그러자 뜨겁게 달아올랐던 몸이 순식간에 식어 버리는 것만 같았다. 그의 피스톤 운동은 계속되었지만 야릇한 감정은 사라지고 말았다.

"그만."

나는 허리를 꼿꼿이 세우며 그가 움직임을 멈추도록 유도했다.

"왜 이래?"

얇은 블라우스 위로 가슴을 움켜쥐며 그가 말했다. 꽉 틀어쥐었다가 부드럽게 쓸어내리는 그 동작에 입안에서는 또다시 신음이 흘러내렸다.

"훗. 그만해요. 부탁이에요."

내 목소리에 담긴 불편한 기색을 알아차렸는지 그가 쑥 빠져나가 버렸다.

뒤돌아 있던 나를 돌려세우며 그가 물었다.

"왜 그래?"

입을 열 수 없었다. 사랑받고 싶어서. 그저 계약으로만 엮인 관계가 아니라, 당신의 건강과 마음의 병을 염려하는 간호사가 아니라, 여자이고 싶어서 그래요, 라는 말을 할 수 없었다.

왈칵 눈물이 차오르고 말았다. 얼른 고개를 숙이려고 하자 그의 커다란 손이 뺨을 감싸 왔다.

"내가 실수한 건가?"

염려 섞인 그의 목소리에 아주 약간의 위로를 받는 것도 같았다.

"그만할게, 응?"

이마에 가볍게 입을 맞추며 그가 옷을 입었다. 여전히 성나 있는 물건을 옷 안으로 집어넣으며 그는 계속해서 숨을 몰아쉬었다. 바지 앞섶을 정리한 후, 의자에 걸쳐져 있던 진회색 스커트를 집어 든 그가 내 앞에 무릎을 꿇었다.

내 왼쪽 발목을 잡고 스커트를 끼워 넣으며 그가 낮게 속삭였다.

"미안해. 내가 멋대로 판단해서 그런 거라면."

스커트 자락을 올린 그는 조심스레 지퍼도 올려 주었다.

"아니에요, 그냥……."

"그냥?"

그는 고개를 푹 숙인 채 서 있는 내 얼굴을 살피기 시작했다. 그러다 마주친 그의 눈동자엔 수심이 가득했다.

자극적인 말과 행동으로 그를 유혹할 땐 언제고, 갑작스레 느껴진 정체성에 갈팡질팡하는 모습이라니. 내 자신이 우스워서 헛웃음이 흘러나왔다.

이런 내 모습에 그는 답답하다는 듯 미간을 찌푸렸다.

"이런 데서는 싫어요. 미안해요."

"그게 다야?"

미안하다는 말로 계약 사항을 어긴 것을 넘어가려는 뜻이냐고 묻는 줄 알았다. 그런데 이어진 그의 물음은 뜻밖의 것이었다.

"내가 당신한테 못되게 군 것 때문이 아니라?"

나는 얼른 고개를 가로저었다. 그제야 그의 눈동자에 어렸던 걱정이 물러나는 것 같았다.

"이런 건 침실에서만 했으면 좋겠어요."

"그래, 그러자."

눈물이 그렁그렁한 그녀의 이마 위에 슬쩍 입을 맞췄다. 요부처럼 굴다가 갑자기 이렇게 아결한 얼굴을 하고 있으니, 남자를 미치게 하는 능력이 타고난 여자인가 싶었다.

그녀는 감정을 숨기는 듯했다. 그녀의 가슴 가득히 차오른 감정이 대체 무엇인지 궁금해서 속이 갑갑해졌다. 커다랗게 한숨을 내쉬자, 그녀의 가녀린 어깨가 움찔하는 게 눈에 들어왔다.

"이제 일해야겠다. 자리에 가 있어."

그녀는 고개를 끄덕이며 시선을 멀리한 채로 걸음을 옮겨 갔다.

답답한 가슴만큼이나 몸은 차갑게 식어 있었다. 책상에 앉아 마우스를 움직여 모니터 화면을 활성화했다. 그때, 그녀가 의자에 앉는 소리가 났다. 슬쩍 시선을 돌리자 고개를 숙인 채 텅 빈 책상을 바라보고 있는 그녀의 모습이 눈에 들어왔다.

모질게 굴겠다고 마음먹었으면서도, 차라리 지금 받는 상처가 덜 아플지도 모른다고 여기면서도, 그녀의 표정과 눈짓, 그리고 미세한 목소리 변화에 심장이 울렸다. 고개를 돌려야 한다는 생각과 달리 시선은 쉽게 옮겨지지 않았다.

저렇게 앉아서 대체 무슨 생각을 하고 있는 것인지 알 길이 없어 가슴이 답답하기만 했다. 놈이 잡히기 전까지는 묻지 말아야지. 이대로 관심을 저버려야지.

나중엔 바로잡을 수 있을 것이다. 지금 표현하지 못하는 이 안타까운 감정과 마음을. 그때 가서 이야기해도 될 것이라 여기며 두 눈을 꾹 감은 채 나는 고개를 돌렸다.

눈을 뜨자 개인적으로 사용하는 이메일 수신함에 새로 도착한 메일 세 건이 보였다. 한 건은 계정 서비스 변경 안내 메일, 한 건은 수사 진행 상황을 요약한 강 실장의 메일, 그리고 마지막 한 건은 익명의 발신인이 보낸 메일이었다.

일회용 계정을 사용한 의문의 이메일을 클릭하자 사진 한 장이 눈에 들어왔다. 병원 앞에서 내 차에 오르고 있는 그녀의 모습이 찍힌 사진이었다.

이 여자 맞지?

나도 모르게 책상을 내려치고 말았다. 쾅 하는 소리가 울린 뒤 몇 초쯤 지났을 때, 그녀의 목소리가 들려왔다.

"괜찮으세요?"

관계를 거부당한 남자가 치졸하게 분노하는 꼴로 보일 수밖에 없는 상황이었다. 나는 그녀가 사진을 보지 못하게 다른 이메일을 마우스로 클릭하며 말했다.

"신경 쓰지 마."

'어떻게 신경을 안 써요? 난 당신 간호사인데' 라고 맞받아치고도 남을 그녀가 조용했다. 그녀에게 상처를 주었다고 느낀 순간, 내 가슴속에도 긴 상처가 아로새겨졌다.

마음에 품은 이를 아프게 하는 건 참 못할 짓이구나.

뭐라 말을 덧붙이기 위해 시선을 돌렸는데, 그저 은은한 미소를 머금고 있는 그녀의 얼굴이 눈에 들어왔다.

'내 착각이었나? 당신이 상처 받았다고 느낀 건?'

시선을 마주하자 그녀의 미소가 조금 더 짙어졌다. 그녀는 알겠다는 듯 고개를 끄덕이고는 조용히 속삭였다.

"제가 도울 일이 있으면 말씀하세요."

또다시 느껴지는 거리감. 저 멀리 달아난 것 같은 그녀. 가슴이 아프다 못해 타올라 사라져 버릴 것만 같은 기분이었다.

"그래, 그럴게."

훅 차오르는 답답함을 누르며 다시 모니터로 시선을 옮겼다.

눈앞에 있으면 괜찮을 거라 여겼다. 옆에 꽁꽁 묶어 두면 마음이라도 편할 것 같았다. 그런데 그녀와 함께하는 이 순간이 안타까워 가슴이 미어질 듯했다.

❀   ❀   ❀

정찬이 진행되는 동안 나는 그에게서 멀찍이 떨어진 자리에 앉아 식사를 했다. 장학 재단 수혜 학생들과 함께하는 자리라기에 그저 몇몇의 학생들과 식사를 하는 거라고 생각했건만 고등학생과 대학생, 대학원생까지 300명이 넘는 수혜 학생들과 그들의 보호자가 함께하는 자리였다.

강 실장과 윤 과장 또한 그 자리에 함께했다. 식사를 마친 후, 나는 그들 곁에 서서 보좌진처럼 뒤를 따라야 했다. 공식적으로 내가 그의 고용인이라는 것에 쐐기를 박는 자리처럼 느껴져 가슴에 묵직한 가시가 돋아나는 기분이었다.

그는 나에게 눈길 한 번 주지 않고 행사에 임했다. 마치 내가 넘볼 수 없는 자리에 있는 사람이라는 것을 알려 주려는 듯, 그와 나는 철저한 타인이라는 듯 굴었다. 이미 충분히 잘 알고 있는 사실인데 말이다. 이렇게까지 공식적인 자리에서 그의 뒤를 따르며 그걸 절절히 느낄 필요까지는 없는데.

몇 시간 전 집무실에서 그를 밀어낸 게 갑자기 후회가 되기 시작했다. 마음 한 자락을 그에게 들켜 버린 것만 같아 뜨거운 기운이 울컥 목울대를 타고 올라왔고, 눈가가 따갑도록 젖어 들었다.

"사장님께선 오늘도 호텔로 가신답니다. 행사가 끝난 후에 사장님 차가 있는 곳까지 모셔다 드리겠습니다."

"네, 알겠습니다."

짧게 덧붙인 나의 대답에 강 실장은 그저 고개를 끄덕일 뿐이었다.

세 시간여의 행사가 마무리되고 지하 주차장으로 향하는 길, 혼자 가겠다고 하는데도 굳이 강 실장은 그의 차가 주차되어 있는 곳까지 나를 안내했다. 강 실장과 나의 뒤로는 경호 요원으로 보이는 덩치 좋은 남자 서넛이 따르고 있었다.

원래 이렇게 매너가 좋은 건지 강 실장은 조수석 문까지 열어 주며 빙긋이 웃어 보였다.

"감사합니다."

차에 오르자 둔탁한 소리와 함께 문이 닫혔다. 그의 시선을 마주하는 게 두려웠던 적은 이제껏 단 한 번도 없었다. 그런데 오늘은 두려웠다. 그가 어떤 시선으로 날 바라볼지 몰라서.

"식사는 맛있게 했나?"

"네."

짧은 대답에 그는 한숨을 내쉬었다.

"나 좀 보지?"

그의 물음에서 약간의 짜증이 묻어났다. 나는 슬며시 고개를 돌려 그를 바라보았다. 희미한 미소를 머금고 있는 그의 얼굴은 지금까지와는 다른 모습이었다. 안도감 어린 표정을 지으며 손등으로 내 뺨을 쓸어내린 그가 기어 로브로 손을 옮겼다.

그의 손끝에서 느껴지던 떨림이 이 순간에는 오직 나만의 것이라는 생각에 바보같이 입가에 어렴풋한 미소가 떠올랐다.

"드라이브 좀 할까?"

"창문 열어도 돼요?"

밤공기를 맞고 싶어 던진 물음에 그가 조용히 고개를 내저었다. 곧 한숨을 내쉰 그는 무언가를 말할 타이밍을 잡는 듯 머뭇거렸다.

"하실 말씀 있으세요?"

내 물음에 그의 입꼬리가 뺨을 타고 올라갔다.

"눈치는 정말 빨라."

"그런 이야기는 종종 들었어요."

덧붙인 대답에 그의 미소가 일그러졌다. 가장 중요한 무언가는 눈치채지 못하고 있다는 듯이 말이다.

"그래, 그렇다고 치고. 당분간은 집으로 못 가. 호텔에서 생활하게 될 거야. 필요에 따라서 매일 호텔을 옮겨 다녀야 할 수도 있어. 앞으로 내가 가는 곳에 오늘처럼 동행하게 될 거고. 항상 따르는 사람들이 있을 거야. 그렇게 알아."

"알겠어요."

고분고분한 나의 대답에 그는 또다시 인상을 찌푸렸다.

"오늘은 어제 그 호텔로 갈 거야."

"네."

"혹시 나랑……."

머뭇거리며 그가 잠시 말을 삼켰다.

"혹시 나랑 같은 방에서 지내는 게 불편하더라도 조금만 참아. 집으로 돌아가게 되면 방법을 찾아볼 테니까."

"고마워요. 안 그래도 불편했는데."

그의 턱이 눈에 보일 정도로 굳어졌다. 운전대를 거머쥔 손에도 힘이 들어갔는지 뼈가 불퉁스럽게 뛰어올랐다.

"우리 송이 씨가 가끔 코를 골아요. 그 소리가 어찌나 큰지 자다가 깜짝 놀랄 정도라니까요."

괜스레 너스레를 떨자 그의 표정이 순식간에 부드러워졌다.

"재미있는 여자가 눈치도 빠르더니, 이제는 사람을 들었다 놨다 하네?"

그의 미소에 복잡했던 마음이 또다시 녹아들고 말았다. 마치 아슬아슬한 줄타기를 하고 있는 것 같은 기분이었다. 그는 더 이상은 다가오지 말라며 선을 긋다가도 이내 이만큼까지는 와도 된다며 뒤로 한 발짝 물러서곤 했다.

그래, 여기까지만. 그가 허락한 이 선까지만.

나는 손을 뻗어 기어 로브를 잡고 있는 그의 오른손을 꼭 잡았다. 그러자 그가 손을 뒤집으며 나의 손가락 하나하나를 얽어 손깍지를 끼었다. 꼭 맞닿은 손가락의 감촉이 무척이나 좋았다. 그는 잡은 내 손을 끌어다 가슴께에 올리고는 한숨을 내쉬었다.

"아까 하다 만 거, 들어가서 계속해도 되는 건가?"

그의 목소리는 낮고 깊었다. 조심스러운 물음에 저절로

미소가 그려졌다.

왜 자꾸 이 남자는 무언가를 기대하게 만들고, 가슴이 한 껏 부풀어 오르도록 하는 것인지. 혹시 내가 이 남자에게 사 랑받는 여자가 될 수도 있지 않을까 하는 생각에 심장이 콩 닥콩닥 박자를 더해 갔다.

"새삼스럽게 그런 걸 묻고 그래요."

툭 던진 대꾸에 그가 조용히 읊조렸다.

"새삼스럽게 묻고 싶어서."

그렇게 대답하며 그는 슬쩍 고개를 돌려 나를 바라봤다. 머리 위를 지나는 가로등 불빛에 그의 검은 눈동자가 반짝 빛났다.

호텔 방문이 열리자마자 그녀를 품에 끌어당겨 입술을 머금었다. 그녀가 목에 팔을 휘감고 매달리듯 안겨 왔다. 심 장이 왈칵 솟아오르는 기분이었다.

몸 한가운데가 솟아오른 건 벌써 한참 전의 일이었다. 그 녀를 벽으로 몰아세우며 양복 재킷을 벗어 던졌다. 허벅지 를 쓸어 올리며 엉덩이를 받쳐 안자 그녀가 자연스레 매끈 한 두 다리를 허리에 감아 왔다.

나는 그녀를 안은 채 침실로 걸어 들어갔다. 그녀의 몸이 침대에 닿은 게 먼저인지, 내가 그녀를 내리누른 게 먼저인지 알 수 없었다.

자연스레 침대 위에서 몸이 겹쳐졌고 서로를 갈구하는 몸짓은 점점 짙어졌다. 그녀의 실크 블라우스를 잡아 뜯듯이 벗겨 내자 봉긋한 젖가슴을 감싸고 있는 검은색 브래지어가 나타났다. 다급한 손놀림으로 컵을 들어내며 입술을 옮겨 그녀의 가슴을 쭉 빨아들였다.

"흐응."

그녀의 신음 소리에 머리가 쭈뼛 서는 것만 같았다. 벌써 흠뻑 젖어 있는 그녀의 팬티 안으로 손을 집어넣었다. 전희는 이 정도면 될 듯했다. 더 이상 시간을 끄는 건 무리였다. 오늘 회사에서 도중에 그만두었다는 사실만으로도 욕구는 이미 임계치를 넘어선 상태였다.

그녀의 팬티를 벗겨 내자마자 허리띠와 바지 버클을 풀고 지퍼를 내렸다. 옷을 벗을 만한 육체적, 심적 여유가 없었다. 어서 그녀를 꿰뚫고 싶다는 욕망만 가득할 뿐이었다. 성난 물건을 그녀의 안으로 쑥 집어넣었다.

"하앗."

말캉하게 녹아 뜨겁게 조여 오는 움직임에 한숨이 절로 새어 나왔다.

"지금은 빨리 끝낼 거야. 못 견디겠어, 도저히."

몽롱한 눈빛으로 나를 올려다보고 있는 그녀의 얼굴에 자잘하게 입을 맞추며 허리를 움직였다. 그녀가 좋아하는 부분을 충분히 훑어 낼 만큼의 느긋함은 없었다. 쿵쿵 안을 뚫고 들어갈 때마다 그녀는 허리를 비틀며 교성을 내질렀다.

다른 날처럼 충분한 전희가 없었는데도 그녀의 안은 나의 박자에 맞추어 잔뜩 조여들고 있었다. 욕정으로 가득 찬 남녀가 다급하게 하는 섹스가 아닌, 마음을 맞대고 사랑을 나누는 섹스를 하고 있었다.

내 어깨를 끌어안은 채로 그녀가 두 눈을 꼭 감았다.

"눈 떠."

당장 그녀의 눈동자에 담긴 감정을 마주하고 싶었다. 그녀도 나와 같은 감정을 느끼는 건지 궁금했다.

그녀가 슬며시 눈을 뜨자 촉촉하게 젖은 눈가에서 눈물이 또르르 흘러내렸다. 절정을 느끼는 듯 그녀의 안은 거세게 조여 왔고, 눈가에 어린 감정은 분명 나와 같은 것이라 여겨졌다.

입술을 내려 그녀의 눈가에 입을 맞췄다. 그러자 그녀는 상체를 밀착시키려는 듯 내 목에 팔을 휘감으며 나를 꼭 끌어안았다. 막판 스퍼트를 올리기 위해 허리짓 속도를 높여 가자 그녀가 흐느끼듯 신음을 내뱉었다.

귓가에 울리는 그녀의 농염한 신음 소리와 뜨거운 숨결에 나는 모든 것을 쏟아 내며 무너져 내렸다. 얼마간 그녀의 몸에 파묻힌 채 가만히 있었다. 오랫동안 지속된 후희 탓에 뜨거운 그녀의 안에서 벗어나고 싶은 생각은 들지 않았다.

"씻을래요?"

그녀의 달콤한 목소리가 들려왔다.

"그럴까?"

샤워를 하는 동안에도 그녀를 안고 싶었지만, 침실에서만 안아 달라는 그녀와의 약속을 지키고자 그저 입을 맞추기만 했다.

젖은 몸을 대강 닦고 침대에 누웠다. 옆으로 다가와 앉은 그녀는 피곤한 듯 하품을 했다.

"졸려?"

"네."

"그래, 자자."

다시 한 번 그녀의 안을 차지하고 싶은 마음을 억누르며 품 안에 그 작은 몸을 끌어안았다.

"어땠어?"

"네?"

졸음이 쏟아지려는 그녀를 바라보며 물었다.

"좋았냐고."

빨갛게 달아오른 뺨, 동그랗게 뜬 검은 눈동자가 눈에 들어왔다. 그녀는 그 질문에 적잖이 당황한 듯 입을 살짝 벌리고 있었다. 그리고 눈을 깜빡거리는가 싶더니 내 품을 파고 들었다.

나는 궁금해서 미칠 지경인데, 그녀는 대답을 해 줄 생각이 없다는 듯 그저 웃기만 했다.

"좋았어요. 아주 많이."

숨소리가 섞인 작은 목소리가 들려왔다.

"그래, 잘자."

나는 그녀의 이마에 입술을 가져다 댄 채로 깊은 잠에 빠져들었다.

chapter 4
안녕……

이튿날 아침, 그녀는 문가에 서서 강 실장과 대화를 나누고 있는 내 모습을 지켜보고 있었다.

　"마지막으로 수사 진행 상황 보고 드리겠습니다."

　강 실장의 목소리가 낮게 깔렸다. 그 목소리의 의미를 눈치챈 것인지 그녀가 입을 열었다.

　"잠시 손 좀 씻고 오겠습니다."

　"다녀와."

　집무실에 들어선 이후, 어젯밤 품에 안았던 여자와 지금 눈앞에 있는 여자가 동일 인물이 맞나 싶을 정도로 그녀는 냉정한 태도를 유지하고 있었다.

다른 이들에게 그녀는 그저 고용된 간호사일 뿐이라는 이미지를 심어 주기 위한 내 계획을 이미 알고 있는 것 같았다.

문제는 그녀가 내 계획의 표면적인 부분만 눈치챘다는 것이다. 놈으로부터 보호하기 위해 일부러 공식 석상에서 냉정한 모습을 보이고 있다는 것까지는 알지 못한다는 게 문제였다. 그로 인해 힘들어하는 그녀의 눈빛을 애써 외면해야 한다는 사실도.

그녀가 나간 문가를 바라보고 있는데, 강 실장의 목소리가 들려왔다.

"그간 경호에 빈틈이 없었기에 우리 쪽에서 일부러 흘린 네 개인 이메일 주소를 놈이 덥석 문 것 같아."

아버지와 어머니의 곁을 지키다, 지금은 내 곁을 지키고 있는 강 실장은 가족이나 다름없는 존재였다. 나는 둘이 있을 때는 아버지뻘 되는 그에게 자연히 말을 높였고, 그는 말을 낮추곤 했다.

"집까지 찾아왔는데 경호에 빈틈이 없었다 말할 수 있나요?"

"그건 심 양과 함께하는 모습을 놈에게 들킨 네 실수……."

놈에게 그녀를 노출시킨 건 내 실수가 맞았다. 10년이 넘었음에도 불구하고 내 일거수일투족을 놈이 그렇게까지 집요하게 쫓고 있으리라고는 상상조차 하지 못했으니 말이다.

"그래서 말인데, 심 양을 미끼로."

"절대 안 돼요!"

놈은 항상 자신이 죽여야 할 대상이 아닌, 그 죽음을 지켜봐야 하는 대상에게 먼저 접근했었다. 그녀를 이용해 놈을 잡는 것이 어쩌면 쉬운 방법일 수도 있겠지만 오히려 그녀를 지옥 속으로 끌고 들어가는 방법일지도 몰랐다.

"아직 모르고 있는 거야? 네가 무슨 일을 겪었는지?"

"몰라요. 말하고 싶은 생각도 없고요."

깊은 한숨을 내뱉은 강 실장은 자연스레 화제를 바꾸었다.

"사건 해결되고 나면, C 금융 지주 둘째 딸이랑 식사 자리 한번 마련할 거야."

나는 문가에 고정하고 있던 시선을 돌려 강 실장을 바라봤다.

"일부러 그러시는 거죠, 지금?"

"뭘 일부러 그런다는 거야?"

"눈치 빠르신 분이잖아요. 일부러 그러시는 거죠?"

강 실장의 미간이 어슴푸레 좁혀졌다.

"심 양에 대해 얼마나 안다고 생각하나?"

"알 만큼은 알아요. 심 간호사를 제 옆에 데려다 놓은 건

163

실장님 아닙니까? 회사 일은 그렇다 쳐도 제 개인적인 일까지 이래라저래라 하실 생각은 마세요."

나는 더 이상 그녀에 대해 왈가왈부하지 말라는 듯 고개를 돌려 모니터를 바라봤다.

"시일을 두고 제 개인 휴대전화 번호도 흘리세요. 놈이 계획한 대로 걸려들 게 아니라, 우리가 계획한 그림에 놈이 걸려들게 해 주세요. 그리고 걸려 오는 모든 전화번호의 발신지 추적도 수사기관에 미리 협조 요청해 놓으시고요. 이상입니다."

강 실장은 알겠다는 짧은 대답과 함께 방을 나섰다.

20년 전엔 고작 열한 살, 10년 전엔 스물한 살. 내 사람을 지키기엔 너무도 어린 나이였다.

빈틈이 있을 때는 공략할 곳이 많아 오히려 공격이 어려워질 수도 있다. 하지만 난공불락의 요새에 아주 작은 틈이 보이면 상대는 반드시 그 틈을 노리게 되어 있다.

20년 전에는 정말 예상치 못했던 순간에 당했고, 10년 전에는 그 작은 틈을 통해 당했다. 혼자라 여겼을 때는 내가 어떻게 되도 좋으니 놈을 잡고 싶다는 생각에 일부러 여러 틈을 만들어 놓곤 했었다. 그런데 놈은 절대 그 틈을 통해 기어 들어오지 않았다.

아무도 없었기 때문이다. 내 존재가 사라진다고 해서 아파할 누군가가 없었기에 놈은 그 틈을 이용하지 않았던 것이다.

그런데 놈이 움직이기 시작했다. 범행 행각은 대범했지만 대상에 접근할 때는 소극적이고 치밀한 놈이었다.

털끝 하나 건드릴 수 없게끔 잡아 줄 테니 기다려라.

놈을 반드시 잡고야 말겠다는 생각으로 잔뜩 곤두서 있을 때였다. 은은한 차 향기가 느껴졌다. 달그락거리는 소리도 없이 책상 위에 연미색 잔이 하나 놓였다. 잔 안에는 노란색 국화꽃이 활짝 피어 있었다.

찻잔 안을 바라보던 나는 고개를 들어 시선을 옮겨 갔다.

"국화차예요. 예쁘죠? 원래는 이렇게 꽃봉오리를 오므리고 있는데, 더운물을 부으면 예쁘게 꽃이 피어나요."

오므리고 있던 꽃봉오리가 더운물을 만나 활짝 피어나는 것처럼, 굳어 있던 내 마음이 그녀의 미소를 마주하자 스르륵 풀어져 버렸다. 그녀는 티스푼으로 국화꽃을 건져 내어 작은 접시에 옮겨 놓았다.

"고마워."

양 볼을 붉히며 그녀가 빙그레 미소 지었다. 손을 뻗어 그녀의 손목을 슬며시 잡으려던 순간, 그녀가 돌아섰다. 허공을 휘저은 나의 손길은 아쉽기만 했다.

벌써 호텔을 여섯 번이나 옮겼다. 그러는 동안 계절은 초여름에서 늦가을이 되어 가고 있었다. 호텔 안에서는 서로가 없으면 죽을 것 같은 연인처럼 굴다가도, 호텔을 벗어나면 철저히 타인이 되는 관계도 아슬아슬하게 지속되고 있었다.

그녀의 마음속에선 나는 어떤 존재일까 하는 생각에 가슴이 타올랐다. 지쳐 잠든 그녀의 얼굴을 하염없이 바라보는 동안 날은 밝아 왔다. 이렇게 아침을 맞이하는 것이 이제는 너무도 익숙해져서 갑작스레 물러가는 어둠도 전혀 당황스럽지 않았다.

미국 주식시장의 흐름을 체크하기 위해 랩톱 앞에 앉았다. 그때, 데스크 위에 올려놓은 휴대전화가 진동하기 시작했다. 발신 번호가 생소했다. 업무용으로 사용하는 휴대전화로 강 실장에게 전화를 건 뒤, 그와 연결된 블루투스 이어폰을 왼쪽 귀에 착용했다.

그리고 생소한 번호의 전화를 받았다.

언제부턴가 그는 나보다 일찍 일어나 아침을 맞곤 했다. 그의 집에서 생활할 땐 그보다 먼저 일어나 아침 식사를 준비하고, 입고 나갈 옷을 챙겨 놓곤 했지만 지금은 그럴 필요가 없어졌다.

아침 식사는 7시가 되면 룸서비스로 올라왔고, 입고 나갈 옷은 호텔 세탁실에서 이미 다 손질해 놓은 상태였다.

필요한 부분에 따라 일해 주는 사람이 전부 정해져 있는 남자. 나도 결국 그중에 하나라고 생각됐다. 그럼에도 잠자리에 들 때면 언제 그랬냐는 듯 전부를 내어 줄 것처럼 구는 남자에게 사랑을 느끼는 역설적인 감정에 아침마다 한숨이 흘러나왔다.

오늘 아침에도 예외는 없었다. 전실에서 누군가와 통화를 하고 있는 그의 뒷모습을 바라보았다. 따사로운 가을 햇살이 대지를 달구는 동안 밤사이 달궈졌던 몸과 마음을 식히려 노력해야 한다고 애써 생각했다. 힘겨운 하루의 시작이 야속하기만 했다.

"그저 간호사일 뿐이라고 몇 번을 말해야 알아들을까."

그의 입에서 흘러나온 문장에 심장이 바닥으로 뚝 떨어져 버리고 말았다.

"왜, 내 옆을 지키고 있는 여자들은 다 의심스러운 상황인 건가? 그래서 누가 누군지 확신이 서질 않는 거야?"

이어진 물음에 몸이 휘청 기울었다. 나는 문가에 기대고 있던 몸을 돌려 방 안으로 들어갔다. 이미 알고 있던 사실이라 할지라도 그걸 확인 사살 받는 순간이 오니 심장이 꿰뚫리는 것만 같았다.

계속해서 누군가와 통화를 하고 있는 그의 목소리가 들려왔다. 무슨 이야기를 하고 있는지는 정확히 알 수 없었지만, 분명한 건 곁을 지키고 있는 나의 존재에 대한 부정이었다.

나는 몸을 일으켜 욕실로 향했다. 흘러내리는 눈물을 감출 수 있는 방법이 이것 말고는 달리 생각나지 않았기 때문이다.

❀   ❀   ❀

이제껏 그 아이를 보아 온 중에 가장 편안한 얼굴이었다. 요즘 집무실에 들어서며 눈인사를 건네는 녀석의 얼굴엔 온화함이 가득했다.

명석한 아이라는 것을 알고는 있었지만, 놈이 전화를 걸어 온 순간 통화를 하며 시간을 벌 생각까지 할 줄은 몰랐다. 그 덕분에 발신지를 추적한 경찰에 의해 놈은 잡혀 들어갔다. 10년 만에 찾아온 기회를 놓치지 않은 녀석이 대단하다 느껴졌다.

심지가 굳은 아이였기에 놈에게 절대 흔들리지 않을 거

라 생각했다. 하지만 올 초 또 다른 10년의 시작을 알리듯 녀석은 사라졌던 불안 증세를 다시 내비치기 시작했다. 안에서 생긴 문제는 조용히 안에서 해결하면 됐지만, 외부 일정에까지 차질이 생기자 누군가의 도움이 필요했다.

그래서 고용된 이가 앞에 앉아 있는 심오르 양이었다.

"이번 주말이면 계약 기간이 만료되어서 새로운 계약서 작성을 위해 따로 자리를 마련했습니다."

"네, 실장님."

"일단 새로 작성한 계약서부터 보시죠."

심 양은 그저 덤덤한 표정으로 계약서를 훑어보았다. 당장에 돈이 급해 이 일에 뛰어든 여자치고 그녀는 제법 똑똑하고 기민했다. 문제는 이 여자에게 녀석이 빠져들었다는 것이지만.

20년 전 선대 사장이 죽고 나서, 녀석의 모친은 입버릇처럼 나에게 말했었다.

"혹시 내가 잘못되고 나면 곁에서 우리 타 좀 잘 지켜 줘요. 때 되면 좋은 인연 만나게 해 주고, 장가도 보내고. 평범하고 행복하게 살 수 있게."

그림을 전공한 그녀는 무척이나 기품 있고 아름다운 여

자였다. 남편을 잃고 나서도 아들을 위해 아픔 한 자락 내보이지 않는 강한 어머니이기도 했다. 그런 그녀를 가장 가까운 곳에서 지켜보며 흔들린 것은 내 잘못이었다.

"더 가까운 곳에서 지켜 드리고 싶습니다."
"강인규 씨, 내가 그렇게 만만해 보였어요? 남편 죽고 혼자서 애 키우며 회사 이끄는 게 우스워 보였어?"

그날 그녀의 눈빛은 그 어느 때보다도 매서웠다. 외로운 눈빛을 하고 있으면서도 그 헛헛함을 매서움으로 감추는 게 당연하다는 듯 말이다.
지나간 상념에 사로잡혀 있을 때, 심 양이 입을 열었다.
"추가된 부분이 있네요."
"네."
새로 추가된 부분은 심 양에게는 가혹한 문장이었다.

명시된 계약 기간과 관계없이, 갑이 혼인을 할 경우 계약은 종료된다.

어차피 그의 옆에 있으면 상처를 받을 수밖에 없다. 그 자리에 있는 사람은 그에 어울리는 사람을 만나야 하는 법이니. 이래저래 가엽기는 마찬가지.

사랑이라는 말도 안 되는 감정으로 평생을 애처롭게 사느니 그녀도 나처럼 상처 받고 물러나는 편이 나을지도 모르겠다는 생각이 들었다.

"생각할 시간이 좀 필요할 것 같아요."

"그래요."

어차피 돈 때문에 덤벼든 일이었고 며칠 후면 이 일에 휘말리게 만든 장본인도 퇴원을 한다고 했으니, 그녀가 다시 계약서에 도장을 찍을 만한 이유는 없어 보였다.

그 녀석이 걱정되어서? 녀석에 대한 걱정이 더 클지, 아니면 여자로서의 모멸감이 더 클지는 두고 볼 문제였다.

"심오담 씨 퇴원 날짜가 잡혔다고 들었습니다."

"네, 3일 후 퇴원이에요."

"축하드립니다. 어려운 시기를 잘 버티셨네요."

"네."

그저 담담하게 대답하는 그녀의 모습이 안쓰러웠지만 어쩔 수 없었다.

'결국 최고의 자리에 앉아 있는 사람은 자신의 것을 지키기 위해 어떻게든 이기적인 사람이 되기 마련입니다. 그 녀석이 당신에게 마음을 연 것은 특수한 상황이었기 때문이지요. 미안하지만, 더 이상 상처 받는 일 없이 깨끗이 물러났으면 합니

다. 그게 당신과 그 녀석의 미래에 더 이로운 일이 될 겁니다.'

계약서를 봉투에 넣은 심 양이 은은한 미소를 머금었다. 그 미소를 마주한 내가 죄책감을 느끼지 않는다고 하면 거짓일 것이다. 그녀가 자신의 감정을 숨기는 것에 익숙해질 만큼 그동안 얼마나 아팠을지는 상상조차 하고 싶지 않았다.

녀석이 그저 평범한 자리에 있는 남자였다면, 둘은 잘 어울리는 연인이 되었을지도 모른다. 하지만 시작부터 뒤틀린 관계였다. 그리고 그 뒤틀린 관계의 마무리는 되도록 시발점인 내 쪽에서 하고 싶었다.

"그럼. 일어나 보겠습니다, 실장님."

"그래요. 사장님은 오늘 종일 외부 회의가 있어서 아마 퇴근 무렵에나 들어오실 겁니다. 내일부턴 사무실에 오지 않는 거죠?"

"네. 오늘이 마지막이라고 비서분들이랑 인사하라고 하시더라고요."

"그럼, 먼저 들어가 봐요. 저는 사장님 회의에 동행해야 해서."

고개를 꾸벅 숙여 인사하고 돌아서는 심 양의 얼굴은 그저 덤덤하기만 했다. 하지만 언젠가 나에게 고마워할 날이 오지 않을까 싶었다. 그리 생각하면서도 가슴 한편은 참으로 무거웠지만.

발걸음을 돌리는 동안에도 강 실장은 그저 사람 좋은 미소를 짓고 있을 뿐이었다. 나는 평정심을 유지하려 호흡을 골랐다. 가슴을 텅 비우기 위해 노력도 해 보았다.

그간 수만 번을 다잡았던 마음이었다. 이깟 문장 하나에 무너져 내릴 일은 없었다. 냉정해지면 그만이다. 그렇게 마음을 먹는 동안 어느새 발걸음은 그의 집무실 앞에 멈춰 있었다.

통유리로 된 자동문이 열리자 여비서 세 명이 일제히 자리에서 일어나 환한 미소를 지었다.

"오셨어요? 오늘이 마지막이라면서요? 아쉽다."

제법 친해진 티를 내고 싶었는지 김 대리가 다가와 팔짱을 끼며 물었다.

"네, 그렇게 됐어요."

"과장님, 우리 점심 맛있는 거 먹어요. 사장님이랑 실장님도 안 계신데 좀 일찍 나가도 되지 않을까요?"

"자리 지키는 사람은 있어야지."

윤 과장이 미간을 슬쩍 찌푸렸다. 그러자 김 대리는 현아 씨가 앉아 있는 곳으로 고개를 홱 돌리며 말했다.

"당연히 현아 씨가 남아 있어야죠."

눈치 없는 말을 퐁당퐁당해 대서 미움을 받더니 결국엔 관계가 이렇게 되어 버렸나 보다. 현아 씨는 자신의 감정에 솔직한 만큼 내 감정도 이미 눈치채고 있는 사람 중 한 명이었다.

뭐, 비서들 모두가 여자의 육감으로 알아차린 것 같지만.

나는 미안한 눈빛을 보내며 현아 씨를 향해 미소를 머금었다. 그러자 그녀는 괜찮다는 듯 어깨를 으쓱해 보이며 빙긋이 웃었다.

"나가요, 우리. 내가 맛있는 거 살게요."

김 대리가 이끈 곳은 눈물 나도록 매운 주꾸미볶음이 주 메뉴인 식당이었다.

"어오, 진짜 맵다. 눈물 나도록 맵다. 아, 맞다. 어제 강 실장님 전화하시는 거 들어 보니까. 사장님 집 새로 구하신대요."

"집이요?"

짧은 물음에 김 대리의 대답이 길게 이어졌다.

"치안이 좋은 동네에 위치한 마당 있는 2층 집에, 마트랑 백화점이 가까이 있어야 하고, 산책할 수 있는 공원도 있어야 하고, 학군도 좋아야 하고, 또 뭐라고 했더라? 암튼 그런 집 찾으시느라 실장님이 꽤 애를 먹는 것 같으시더라고요."

"누구랑 살려고 그러시는 거야?"

윤 과장의 짓궂은 농담이 이어졌다. 그 물음에 김 대리는 눈동자를 한 바퀴 굴리며 묘한 표정을 지었다.

"글쎄요. 누굴까아?"

실없는 말들에 눈물이 핑 고이고 말았다.

"이거 되게 맵네요."

맵다는 핑계를 대며 나는 티슈를 뽑아 눈물을 찍어 냈다. 그녀들은 부럽다는 표정을 지으며 날 바라보고 있었다. 잘못 짚어도 한참을 잘못 짚은 것 같은데 말이다.

식사를 마치고 그의 집무실로 돌아오는 길, 그녀들은 들를 곳이 있다며 회사 반대 방향으로 향했다.

매운 걸 먹고 속이 놀랐는지 가슴 한가운데가 알싸하게 아파 왔다. 가슴을 훑어 버린 사람들의 말 때문인지도 모르겠지만.

그의 집무실에 들어서자마자 탕비실로 향했다. 냉장고에서 우유를 꺼내어 거품기 안에 따르고 있는데 인기척이 느껴졌다.

"저기."

"현아 씨, 미안해요. 가서 식사하시고 오세요. 여긴 제가 있을게요."

"식사는 나중에 해도 돼요. 그동안 제가 눈치 없이 떠들어서……. 죄송했어요."

이미 사과를 수십 번도 더 했으면서 그녀는 또 미안한 표정을 짓고 있었다.

"그런데, 이건 꼭 말씀드려야 할 것 같아서요."

"뭘요?"

예쁜 얼굴을 구기며 그녀가 울먹거렸다. 대체 나한테 울먹이면서까지 고백할 일이 뭐란 말인가.

"사장님, 오늘 저녁에 C 금융사 둘째 딸이랑 저녁 식사 자리 잡혀 있는 거 아세요? 갑자기 집도 새로 구한다고 하시고, 오르 씨도 이제 더는 안 나온다고 하시고……. 혹시 알고 계셨던 거예요? 그래서 그만두시는 거예요?"

말문이 턱 막혀 버렸다. 지금 울어야 할 사람은 난데, 눈물은 그녀의 눈가에서 글썽이고 있었다.

"또 실수했나 보다. 모르셨던 거죠? 사장님 정말 나빠요. 그래서 저 그만두려고요. 저렇게 비인간적인 사람 밑에서는 일 못 하겠어요."

씩씩거리는 현아 씨의 어깨를 다독여 주었다. 치기 어린 감정으로 좋은 직장을 놓칠 만큼 어리석은 이는 아닌 것 같았지만, 내 편을 들어 주며 그런 말을 서슴지 않게 내뱉는 그녀가 고맙기도 하고, 김 대리에게 미움을 받는 그녀가 괜히 안타깝기도 했다.

"여기보다 더 좋은 직장 찾을 수 있으면 그렇게 하고, 아니면 그냥 있어요. 사장님이 현아 씨한테 비인간적으로 군 적 있어요?"

"아, 아뇨. 사장님 같은 보스가 세상에 어디 있어요."

"그런데 왜 그만둔다고 하시는 거예요?"

나의 되물음에 그녀는 할 말을 잊은 듯했다.

"어차피 끝이 정해진 일이었어요. 현아 씨 자리…… 입이 무거워야 하는 자리죠?"

그녀는 굳은 표정을 지으며 무언가 깨달았다는 듯 고개를 끄덕였다.

"그동안 즐거웠어요. 밖에서 마주치면 나 모른 척하지 마요."

그제야 그녀가 빙그레 웃음을 지어 보였다. 그를 제외한 모든 사람들에게 그렇게 이별을 고했다. 이제 그의 차례만 남았다.

❀　　　❀　　　❀

오랜만에 그의 집에서 함께하는 식사 자리, 그는 아침부터 기분이 꽤 좋은 것 같았다. 현아 씨의 말대로라면 엊그제 그는 '어느 금융사의 둘째 딸'과 저녁 식사를 했을 것이다.

177

"강 실장이 병원으로 갈 거야. 퇴원 수속 알아서 밟아 놓을 거니까 걱정 말고."

"저⋯⋯."

"음?"

그의 자상한 말투에 심장이 두근거렸다.

"오늘 오빠 퇴원 후에 집에서 자고 와도 될까요?"

"그렇게 해."

또다시 자상하게 대꾸하며 그가 빙그레 웃었다.

정확히 그날 오전부터였다. 전화 통화를 하며 나의 존재를 냉정하게 정의했던 그날 오전부터 그의 태도는 확연히 달라졌다.

매서웠던 눈매가 서글서글하게 풀어졌고 늘 기분 좋은 미소가 함께했다. 그리고 딱딱했던 말투도 다정하기 그지없는 친절한 남자의 것이 되어 가고 있었다.

처음 그를 마주했을 때와는 완전히 달라진 모습. 그건 긍정적인 변화였다. 문제는 그가 나의 것이 될 수 없다는 점이었다.

"잘 다녀와. 연락하고."

"그럴게요."

현관을 나서며 그는 내 허리를 끌어안고는 이마에 슬쩍 입을 맞추었다. 순간 눈물이 핑 돌고 말았다. 이렇게까지 다정하게 굴 필요는 없는데. 장난기 가득했던 어젯밤 욕실에서의 정사부터 시작해 그의 모든 행동은 사랑하는 연인에게서나 나올 법한 것들이었다.

그가 나선 뒤, 현관에 우두커니 서서 호흡을 골랐다. 이제 더는 욕심을 내서는 안 된다는 생각에 심박동이 느려지는 것만 같았다. 이대로 느리게 뛰다 심장이 멈출 수도 있나, 하는 생각이 들 만큼 가슴속이 묵직해졌다.

퇴원 수속은 무척이나 순조롭게 진행되었다. 내가 병원에 도착하기도 전에 이미 강 실장이 병원비 결제부터 약제 처방까지 모든 일을 마무리 지어 놓은 상태였다.

"감사합니다, 실장님."

"계약 건은 생각해 보셨습니까?"

"아직 고민 중이에요."

이미 마음의 결정을 내려놓은 상태였지만 이별을 고하는 건 그가 먼저여야 한다는 생각에 그저 고민 중이라는 말로 갈무리했다.

"그럼, 연락 주십시오. 댁까지 모셔다드릴 차가 밖에서 대기 중입니다."

"아니에요. 그냥 택시 타고 갈게요. 오빠가 이상하게 생각할 거예요."

"그러시죠. 그럼."

짧은 인사를 뒤로한 채 그는 뒤돌아서서 뚜벅뚜벅 걸어 갔다. 강 실장의 뒷모습을 바라보며 나는 차마 입 밖으로 내 뱉지 못한 부탁을 읊조렸다.

"그 사람 잘 부탁드릴게요. 지금까지 지켜 주신 것처럼 잘 보필해 주세요."

병원 로비 바닥에 딱 붙어 버린 것만 같은 발걸음을 겨 우 옮겨 덤덤하게 오빠의 병실로 향했다.

아무렇지 않게 시작한 일, 아무렇지 않게 끝내면 되는 거 다. 오빠가 무사히 깨어나기만을 바랐던, 이제야 살 만해진 가족이 그 행복을 놓치지 않기를 바랐던 그때 그 바람처럼 모든 게 제자리로 돌아오고 있으니, 나도 제자리로 돌아가면 된다.

"심오르, 너 어떻게 된 거야?"

"아이고, 우리 오빠 완전 살아났네. 다 죽어 가더니!"

"아직 목발은 짚어야 해."

"얼른 집에 가자. 새언니 기다리겠다."

"너 집에 가서 얘기 좀 해."

"동생 잡아먹으려고 쏘아보는 것 좀 봐. 알겠어. 얼른 가 자. 언니가 점심 차려 놓고 기다린다고 했어."

가족이란 게 이래서 좋은 건가 싶었다. 오빠 얼굴을 보니 지난 6개월간의 혼란스러웠던 일은 존재하지 않았던 시간인 것같이 편안해졌다.

'그래, 이거면 된 거야. 오빠가 이렇게 날 타박할 만큼 기운을 차린 것만으로 된 거야.'

하지만 그 생각은 그리 오래가지 못했다. 나는 새언니가 차려 준 점심밥을 먹고, 대청소를 해 주겠다며 나서서 가게 청소를 했다. 그리고 아무런 고민도 없는 척하며 저녁 식사를 함께했다.

깊은 밤, 가게 테이블에 앉아 있는 내 곁으로 오빠가 다가왔다. 그에게 자고 간다고 미리 말했었지만, 이 가게에는 오빠네 식구들이 사용하는 단칸방이 전부였다.

그의 집에서 생활하기 전엔 병원 기숙사를 사용했었기에 이젠 내 몸 하나 누일 곳조차 없었다.

"너 요즘 어디서 지내?"

오빠의 목소리가 텅 빈 가게 안을 조용히 울렸다.

"기숙사에 있어."

"어디 기숙사, 어느 병원인데?"

"개인 병원이야. 개인 요양원 같은 데……. 그렇게 유명한 곳은 아니라 말해도 모를 거야."

"뭐? 내가 몰라? 내가 뭘 모르는데?"

평소 오빠가 모른다는 말에 예민하게 반응한다는 것을

잠시 잊고 있었다.

"너 대체 요즘 무슨 짓을 하고 다니는 거야? 합의금도 네가 다 냈다며. 그 돈은 어디서 났는데. 또 이건 다 뭐야."

오빠가 내민 건 새언니의 통장이었다.

"매달 이렇게 큰돈을 어떻게 붙였는데?"

"여보, 왜 이래."

흥분한 목소리를 듣고 나온 새언니가 당황한 얼굴로 오빠를 말렸다.

"당신도 그래. 애가 이런 돈이 어디서 났겠어. 합의금이 그렇게 컸다는 말, 그동안 나한테 안 했었잖아. 매달 이렇게 큰돈 부친다는 말도 없었고."

"그럼 어떡해? 당신은 누워 있지. 가게는 봐야 하지. 당장 애 기저귀 값도 없는데! 아가씨가 보내 준 돈 아니었으면 당신 마누라랑, 당신 딸내미 벌써 죽었어."

오빠만 깨어나면 모든 것이 잘 풀릴 거라 예상했던 나의 생각은 너무나도 짧았었나 보다.

"오늘 병원비 결제하고 간 남자는 누구야? 뭐하는 놈인데 병원비를 그놈이 내고 가. 대체 어디서 난 돈이야, 이 돈은!"

가족에게 떳떳하지 못한 벌이였던 거다. 그게 설사 내 가족의 생명을 구할 돈이라고 할지라도 말이다. 입안에 씁쓸한 기운이 맴돌았다.

"언니, 저 가요. 오빠가 동생을 쥐 잡듯이 잡아서 더는 못 있겠다."

목발을 짚고 일어서며 빽빽 소리를 질러 대는 오빠를 뒤로하고 가게를 빠져나왔다. 유리문에 내가 직접 달아 놓은 풍경의 짤랑거리는 소리가 오늘따라 무척이나 귀에 거슬렸다.

딱 6개월 전으로, 오빠가 사고를 당하기 전으로, 그를 만나기 전으로, 그렇게 시간을 되돌릴 수만 있다면 얼마나 좋을까 하는 생각이 머릿속을 가득 메우기 시작했다.

다음 정류장까지만 걸으며 생각해 보자. 그다음 정류장까지만 걷다가 결정해 보자. 그러다 스물한 번째 정류장을 지나칠 때쯤 바닥에 털썩 주저앉고 말았다. 싸구려 구두 굽이 보도블록 사이에 껴서 똑 부러져 버렸다. 이제 그만 쉬고 싶다는 생각만 들 뿐이었다.

핸드백 속 휴대전화를 꺼내 보니 오빠에게서 수십 통의 부재중 전화와 문자메시지가 와 있었다.

〈어디야?〉
〈전화받아, 오르야. 오빠가 심하게 말해서 미안해.〉
〈너 정말 오빠랑 인연 끊을래?〉

'오빠 살리겠다고 그랬는데 인연 끊겠다고 하는 건 너무 한 거 아냐?'

아이러니한 상황에 실없는 웃음이 터져 나왔다. 그리고 그 밑에 발신자가 다른 문자메시지가 와 있었다. 처음 그와 밤을 보내고 난 다음 날 아침, 그의 휴대전화 번호를 이렇게 저장해 두었었다.

'친절한 송이 씨'.

친절한 송이 씨가 보낸 문자에 눈물이 핑 돌고 말았다.

〈오랜만에 집에 가서 좋은가 봐. 전화 한 통 없네.〉

나도 모르게 손가락이 통화 버튼 쪽으로 움직였다. 신호가 채 가기도 전에 그가 전화를 받았다.

—음.

이렇다 할 말도 아닌데 그의 목소리를 듣자 울컥 뜨거운 기운이 목구멍을 타고 기어 올라왔다.

"집에 왔는데 하나도 안 좋아요."

—목소리가 왜 그래?

대답을 하려는데 도로 위 트럭이 가슴이 울릴 만큼 큰 경적 소리를 내며 지나갔다.

—어디야, 지금?

"여기가……."

고개를 들어 버스 정류장에 쓰여 있는 동네 이름을 이야기했다.

—거기 꼼짝 말고 있어. 지금 갈 테니까.

전화를 끊은 나는 굽이 부러진 구두 한 짝을 집어 들고 버스 정류장 의자에 앉았다. 발목 스타킹을 신기는 했지만 작은 돌멩이들을 밟은 탓에 발바닥에 생채기가 났다.

울고 싶지 않았는데 눈물이 흘러내렸다. 잘못한 게 없는 것 같은데 죄책감이 일었고, 나 자신이 전혀 불쌍하지 않다고 생각하고 싶은데 자꾸만 비참하게 느껴졌다.

20분쯤 지났을 때, 버스 정류장 앞에 깊은 바닷속 백상아리를 닮은 그의 차가 멈춰 섰다. 운전석에서 내린 그는 버스 정류장으로 다가와 날 번쩍 안아 들었다.

"얼른 가자."

허공에 몸이 붕 떠오르자 머릿속에 있던 온갖 복잡한 생각들도 공기 중으로 흩어져 버리는 듯했다. 이렇게 아무렇지 않은 듯 이 남자에게 기댈 수만 있다면, 이 남자의 품이 오직 내 것일 수만 있다면.

까무룩 눈이 감겨 버렸다.

얼마나 지났을까. 눈을 떠 보니 그의 품에 안긴 채로 엘리베이터에 올라 있었다.

"깼네."

"다 왔네요."

"응."

현관문을 열고 들어가니 어느새 익숙해진 공기가 폐부 깊숙한 곳까지 파고들어 왔다.

"뭐 좀 마실래?"

"네."

"물 줄까?"

나는 고개를 내저으며 대꾸했다.

"아뇨, 술이요. 아주 독한 술."

"술도 마실 줄 알아?"

"그럼요……."

아이한테나 할 법한 물음에 헛웃음이 흘러나왔다. 부엌으로 간 그는 달그락거리는 소리를 내는가 싶더니 카페라테 색 액체를 채운 언더 락스 잔을 내밀었다. 잔을 받아 든 나는 조심스레 그것을 한 모금 머금어 보았다.

"달아요. 초코 우유 같기도 하고, 커피 우유 같기도 하고."

"깔루아 밀크라는 거야."

"아, 우유가 들어가긴 했네요."

"응."

"엄청 단데 취하기도 하네요."

우유처럼 부드럽고, 초콜릿처럼 달콤하고, 커피처럼 쌉싸
래한데, 이상하게 취하네요. 아무것도 아닌 나한테, 그저 간
호사일 뿐인 나한테, 이상하게 부드럽고 달콤한 당신처럼.

"이제 씻을래?"

나는 말없이 고개를 끄덕였다.

"잠시만 기다려."

"네."

욕실로 향하는 그의 뒷모습을 천천히 눈에 담았다. 베이
지색 니트에 가려진 다부진 등과 어깨, 진회색 원턱 팬츠가
멋스럽게 어울리는 긴 다리, 시원시원한 걸음걸이까지.

욕실에 들어간 그는 10분 정도 시간이 지나고 나서야 다시
거실에 나타났다.

"씻자."

고개를 끄덕이자 그의 커다랗고 따뜻한 손이 내 옷을 한
꺼풀씩 벗겨 내기 시작했다. 카키색 재킷, 연노란색 니트,
흰색 티셔츠를 벗겨 내자 살구색 브래지어만 남았다. 뒤이
어 검은색 바지를 내리자 살구색 팬티가 드러났다.

속옷만 남아 있는 나의 몸을 마주한 그의 얼굴은 붉게 상
기되어 있었다. 나를 안듯이 뒤로 손을 뻗은 그가 브래지어
훅을 풀어냈다. 이제는 제법 여자 속옷을 푸는 것에 능숙해

진 그였다.

성긋이 미소 지은 그가 나를 번쩍 안아 들고는 욕실로 걸어갔다. 매끈한 상앗빛 욕조 안에는 뜨거운 김이 오르는 물과 함께 하얀 거품이 몽글몽글 피어나고 있었다.

그는 물속에 나를 내려놓았다. 따스하게 감겨 오는 물결에 오소소 소름이 돋아났고 만족스러운 신음이 잇새에서 흘러나왔다.

그도 급하게 옷을 벗어 던진 뒤 물속으로 들어왔다. 매끄럽고 딱딱한 욕조 벽이 닿았던 등 뒤로 그의 부드러운 가슴이 와 닿았다. 거품을 낸 스펀지로 그는 내 등부터 시작해서 온몸을 마사지하듯 문질러 주었다.

"무슨 일이 있었는지 왜 묻지 않으세요?"

"물어도 대답하지 않을 걸 아닌가."

"사장님은 눈치도 참 빠르시네요."

일부러 우스갯소리를 했는데 그의 부드러운 손놀림이 멈췄다.

"뭐?"

평소와 같은 장난이었다. 그런데 그의 반응이 심상치 않았다.

"방금 뭐라고 했어?"

"눈치가 참 빠르시다고요."

"그전에 뭐라고 했냐고."

언제나 '우리 송이 씨'라며 그를 짓궂게 부르곤 했는데, 거리감을 반영한 호칭이 나도 모르게 튀어나오고 말았다. 나는 몸을 뒤로 돌려 그의 얼굴을 마주했다. 그의 가슴팍에 회오리처럼 일어난 물결이 찰랑거렸다.

"내가 뭐라고 했어요?"

시치미를 뚝 떼고 묻자, 그는 짐짓 황당하다는 표정을 지었다. 그러나 이내 얼굴을 부드럽게 풀었다.

"아니야, 내가 잘못 들었나 봐."

"내가 뭐라고 말했으면 좋겠어요?"

"뭐?"

"내가 당신을 뭐라고 불렀으면 좋겠어요?"

술기운이 갑자기 훅 올라오는 듯했다.

'내가 당신한테 어떤 의미인지 묻는 거예요. 내가 당신을 뭐라고 불러야 할까요.'

검은 그의 눈동자를 바라봤다. 그 눈 속에 가득 차오르는 정염이 보였다. 이윽고 대답 대신 그의 입술이 내 입술 위로 내려앉았다.

그 이후로는 뻔한 시퀀스였다. 서로를 원하는 남녀가 몸을 섞는 것. 목 뒤가 뻣뻣해질 정도로 열감이 오를 때까지 서로를 안고, 보듬는 것. 마치 사랑하는 사람들처럼 말이다.

차오르는 숨을 고르며 침대 위에 누워 있는 그의 가슴에 머리를 기대 보았다. 쿵쾅쿵쾅 뛰는 그의 심장 소리가 귓가를 울려 댔다.

"한 번만 더 안아 줘요."

기분 좋은 그의 웃음소리가 들려왔다.

"요즘 왜 이럴까. 우리 산들바람 양이?"

"내가 뭘요?"

"어젠 욕실에서 안아 달라고 하더니, 지금은 뭐?"

말은 그렇게 했지만 이미 그의 물건은 내 무릎 근처에서 단단해지고 있었다.

"아주 오래 할 거야. 그만하라고 해도 소용없어."

"네, 아주 오래 안아 줘요."

마지막이니까 오래도록 온 힘을 다해 안아 줘요. 두 눈을 꼭 감은 순간, 그의 입술이 목덜미를 파고들었다. 쇄골을 잘근잘근 씹는 그의 움직임에 숨이 차올랐다. 이미 달궈진 몸을 더 안달 나게 만들려는 그의 움직임은 농밀하기만 했다.

가슴을 움켜쥐는 손길은 세심했고, 비부를 훑으며 파고드는 손가락은 거침없었다. 매끈하게 달아올라 그를 기다리고 있는 안으로 단단한 물건이 꿰뚫고 들어왔을 때, 내 입에서는 거리낄 것 없다는 듯 커다란 신음이 터져 나왔다.

"하아, 오르야……."

내 이름을 부르는 그에게 답해 주고 싶었지만, 이제는 그를 어떻게 불러야 할지 알 수 없었다.

"흐읏."

그저 신음을 흘리며 그의 어깨를 깨물었다. 그러자 그가 허리를 커다랗게 돌리기 시작했다. 오래도록 안을 거라는 말을 증명해 보이겠다는 듯 그의 움직임은 느릿하기만 했다. 하지만 완만한 몸짓에도 그의 몸에 익숙해진 나는 뜨겁게 반응했다. 왈칵 그를 조이는 움직임이 느껴질 만큼 몸이 타오르고 있었다.

"오르야……."

다정하게 숨 쉬듯 내뱉는 내 이름이, 그의 목소리가 너무도 좋아서 눈물이 또르르 흘러내렸다. 눈가를 타고 흘러내리는 내 눈물에 입술을 찍으며 그가 말했다.

"울지 마."

"너무 좋아서요."

"참……. 사람 미치게 한다."

영원히 느긋할 것만 같았던 그의 움직임이 빨라지기 시작했다. 절정을 향해 가는 기대감과 이 순간이 절대 끝나지 않았으면 하는 야속함 속에 또다시 눈물이 흘러내렸다. 두 눈을 질끈 감자 채 빠져나오지 못한 울음이 목구멍을 타고 흘러나왔다.

울음소리인지, 신음 소리인지 모를 흐느낌이 그의 어깨에 고스란히 묻혔다. 그는 내 등 뒤로 손을 넣으며 상체를 꼭 끌어안고는 속도를 높여 갔다. 절정으로 치닫는 순간 난 속으로 조용히 그에게 마지막을 고했다.

'안녕, 한 번도 내 것인 적 없었던 사람.'

✿   ✿   ✿

어느 날부턴가 잠이 든 그녀의 얼굴을 바라보는 게 하루의 시작이 되어 버렸다. 뺨을 쓸어내리면 눈썹을 꼼틀거리고, 도톰한 입술에 슬쩍 입을 맞추면 간지럽다는 듯 코를 찡긋한다. 이토록 사랑스러운 그녀가 어젯밤에는 왜 그렇게 안쓰러운 얼굴로 길가에 주저앉아 눈물짓고 있었을까.

묵묵히 내 곁을 지켜 주었던 그녀처럼, 이번엔 내가 그녀를 지켜 줄 차례가 된 것 같았다. 복잡한 일을 해결하는 동안에는 그녀에게 철저히 타인처럼 굴 수밖에 없었고, 일이 해결된 뒤에는 그 뒷수습을 하느라 바빴다.

하지만 이젠 온전히 그녀를 향해 설 수 있다.

'무슨 일이든 나한테 기대. 아무 말 없이 내 곁을 지켜 준 것처럼 나도 그럴 테니까.'

뺨에 오른 머리칼을 쓸어 넘기자 그녀의 속눈썹이 움직거렸다. 꼼지락꼼지락 몸을 두어 번 느릿하게 움직이다 눈을 뜬 그녀는 한동안 멍한 눈빛으로 나를 바라봤다.

"깼어?"

"네."

"발이 엉망이야. 어제 대체 얼마나 걸은 거야?"

"조금요."

구두를 신고 얼마나 걸었는지 발가락 군데군데에 물집이 잡히고 빨갛게 헐어 있었다.

"엊그젠 불고기 양념한테 습격을 받더니. 어젠 구두가 말썽이었나 봐?"

희미하게 미소 지으며 그녀가 대꾸했다.

"그러게요. 이래저래 수난이네요."

"오늘 점심은 밖에서 먹자."

"네?"

"오전에 일이 있어서 일찍 나가 봐야 해. 이따 12시쯤 주차장에 차 대기시켜 놓을 테니까, 그거 타고 와."

그녀의 얼굴에 의뭉스러움이 가득했다. 이제껏 밖에서 단둘이 시간을 보냈던 적이 없었기 때문이리라.

"할 얘기도 좀 있고."

순간 그녀의 얼굴이 파리하게 굳어 가는 게 보였다.

"왜 그래?"

"어제 좀 걸었더니 몸살 기운이 있나 봐요. 점심때 시간 맞춰서 나갈게요. 오전에 좀 쉬고 나면 괜찮아질 거예요."

시간을 확인한 나는 침대에서 몸을 일으켰다. 곧바로 뒤에서 그녀의 목소리가 들려왔다.

"지금 나가시는 거예요?"

"응."

그녀의 목소리에서 아쉬움이 묻어나고 있었다. 어차피 점심 이후로는 영원히 함께하게 될 것을. 잠시간의 아쉬움쯤이야 기대감을 더할 수 있는 좋은 기폭제였다.

"잘 가요."

방을 나서려던 발걸음이 멈칫거렸다.

"뭐?"

"잘 다녀오라고요."

이불을 가슴께로 모아 쥔 채 그녀가 빙긋이 웃었다.

제일 먼저 향한 곳은 강 실장이 구해 놓은 집이었다. 구미에 맞게 인테리어를 바꾸고, 마당도 손을 보려면 시간이 좀 걸릴 테지만 꽤 마음에 드는 곳이었다.

누군가를 떠올리면 기분 좋은 웃음이 흘러나올 때도 있고, 울컥 가슴이 벅차오를 때도 있다. 그녀를 떠올릴 때면 묘한 감정이 동시에 일어났다. 기분 좋은 미소와 함께 괜히 눈가가 젖어 들었다.

6개월 전 그녀가 내 곁이 아닌 다른 일을 택했더라면 어땠을까. 어쩌면 그 시기에 그녀가 나의 곁으로 온 것이 운명은 아닐까 하는 아주 진부한 생각까지 들었다.

결론은 하나였다. 앞으로 일생을 그녀와 함께하고 싶다는 것. 이제 마음껏 그녀를 보듬어 안고 싶다는 것. 그 이외에 다른 결론은 존재하지 않았다.

집을 둘러보는 동안 어느새 시간은 11시 반을 향해 가고 있었다. 오늘같이 중요한 날 늦을 수 없다는 생각에 서둘러 발걸음을 옮겼다.

미리 예약해 둔 레스토랑으로 차를 모는 동안, 오직 나만의 것이었으면 하는 사람에 대한 생각에 심장은 쉴 새 없이 쿵쾅거리고 있었다. 감정 표현에 서툴러서 그동안 그르친 일은 없었는지 괜한 걱정이 일 만큼 조바심이 났다.

3층짜리 레스토랑의 가장 꼭대기 층. 한강변을 향해 통유리 창이 나 있는 곳에 자리를 잡고 앉았다. 테이블이 하나밖에 없는 이곳에서 그녀와 함께 느긋한 점심 식사를 하고, 그동안 하지 못했던 이야기를 나눌 생각이었다.

아픔으로 가득 찼던 이야기와 앞으로 행복할 일만 남았다는 이야기. 어떤 이야기를 먼저 꺼내야 하나 고민하고 있을 때였다. 계단을 오르는 그녀의 모습이 눈에 들어왔다.

자리에서 일어나 그녀를 바라보며 빙긋이 웃었다.

"와 계셨네요."

"응."

미소 띤 내 얼굴을 바라보며, 그녀도 은은한 미소를 머금었다.

"여기 참 좋네요."

나는 창밖의 햇살 어린 한강변을 바라보며 슬며시 미소를 머금었다. 그도 창밖 풍경을 바라보며 미소를 짓고 있었다.

오늘따라 그는 참 멋졌다. 햇살에 반짝이는 진남색 양복과 하얀 드레스 셔츠, 그리고 이 계절과 잘 어울리는 진갈색 스트라이프 넥타이까지.

반면 나는 늘 그의 곁을 지키며 작업복처럼 입었던 검은색 투피스 차림이었다. 완벽한 그의 모습과 한결같이 초라한 나의 모습이 비교되어 괜히 크게 숨을 들이마셨다.

"주문 미리 해 놨는데."

"네, 좋아요."

얼마 지나지 않아 그가 미리 주문해 놓은 음식이 나오기 시작했다. 전식으로 나온 샐러드와 게살 크림 스프를 먹는 동안 아무런 말도 할 수 없었다. 마치 대단한 음식이라도 맛보는 양 접시를 비워 내는 데에만 집중했다.

"오르야."

살가운 그의 부름에 목구멍이 턱 하고 막혀 오는 기분이었다. 더 이상은 못 하겠다. 나는 손에 들고 있던 포크를 내려놓고 입을 열었다.

"저, 드릴 말씀이 있어요."

생각했던 것과 달리 아무렇지 않게 덤덤히 말이 흘러나왔다. 마치 타인의 이야기를 전달하는 것처럼.

"이제 더는 못 하겠어요. 죄송하지만 오늘로 이 일을 마무리했으면 합니다."

미리 챙겨 온 계약서를 꺼내 그의 앞으로 내밀었다. 오늘 그가 나에게 하려고 했던 말이 재계약이든, 나와 이제 전혀 상관없는 그의 사생활과 관련된 것이든 궁금하지 않았다.

"뭐?"

그의 미간이 삽시간에 좁혀졌다.

"그동안 감사했습니다, 사장님. 덕분에 오빠 일을 해결할 수 있었어요. 하지만 이제 더는 못 하겠어요. 바뀐 계약서 조항도 그렇고. 이제 더는."

목이 울컥 메일 것 같아 얼른 침을 한 번 삼켰다.

"그럼, 먼저 일어나 보겠습니다. 식사는 어려울 것 같아요."

그가 붙잡기 전에 재빨리 자리에서 일어났다. 따라 나오

면 어쩌나 하는 생각을 했지만, 뒤에서 부스럭거리는 소리
만 들려올 뿐이었다.

　계단을 내려가며 마지막으로 본 건 내가 건넨 계약서를
살펴보고 있는 그의 모습이었다.

chapter 5

그녀의 계약서

[계약서]

본 간호 서비스 계약서(이하 "본 계약"이라 한다)는 이타(이하 갑),
십오르(이하 을) 간의 쌍방 협의를 통해 2014년 10월 21일부터 6개
월간 유효하다.

중략.

제 2조 1항. 을은 치료의 목적으로 사용되는 갑의 의약품 정보를
숙지한다.

제 2조 2항. 을은 갑의 심적 안정을 위해 다방면으로 서비스를
제공한다. 이 서비스에는 갑의 일상과 관련한 모든 것이 해당되며
동침을 비롯한 성관계도 포함한다.

계약서를 읽어 내려가는 동안 심장이 멈춰 버린 것만 같았다. 눈앞이 침침해지며 머릿속이 아득해지고 있었다. 신물이 올라와 입을 틀어막아야만 했다.

'그럼 이제껏 그녀의 행동이 이 계약서에 의한 것이었다고?'

계약 사항 중에 바뀐 조항이 있다고도 했었다. 휘리릭 종이를 넘기며 내용을 빠르게 스캔해 보았다.

제 5조 5항. [추가 사항] 계약 종료 사항 외에 갑이 혼인을 하게 될 경우 본 계약은 종료된다.

처음 간호사를 들인다 했을 때, 강 실장이 보안을 위해 계약서를 작성할 것이라는 말을 했던 적이 있었다. 그땐 누구든 곁에 두는 것을 반대하는 입장이었기에 흘려들었었다. 그녀가 곁에 있는 동안 이런 터무니없는 계약서가 실존하리라고는 상상조차 한 적이 없었다.

그녀의 살가운 말이, 은은한 미소가, 뜨거운 포옹이 전부 진심이라고 믿었기에.

그녀가 앉았던 자리는 이미 텅 비어 있었다.

계약서를 보는 것보다 그녀를 붙잡는 게 먼저였는데, 그녀가 내뱉은 말과 믿을 수 없는 상황에 사고가 멈춰 버리고 말았다.

정신을 차리고 난 뒤 그녀를 찾기 위해 자리에서 일어났다.

한적한 곳에 위치한 건물. 불과 5분 만에 대체 그녀는 어디로 사라진 것일까.

레스토랑 입구를 지키고 있던 지배인이 이상한 낌새를 느꼈는지 다가왔다.

"무슨 일 있으십니까?"

"혹시 방금 검은색 투피스 정장을 입은 여자가 나가는 걸 봤습니까?"

"아, 대기 중이던 택시를 타고 출발하신 지 5분 남짓 되는 것 같습니다."

그녀는 이곳에 들어설 때부터 이미 떠날 준비를 하고 있었나 보다. 은은한 미소, 사근사근한 목소리, 날 바라봐 주던 그 눈동자도 오늘은 다 거짓이었다는 말이었다.

단지 오늘만 거짓이었다고 단정 지을 수 있을까?

어젯밤 안아 달라고 매달리던 그녀도. 농염한 미소를 흘리며 장난스럽게 대꾸하던 그녀도. 따사로이 손을 잡아 주며 빙그레 웃던 그녀도. 전부 거짓이었다.

너무 좋아서 눈물이 난다 했던 그녀의 울먹이던 목소리도 거짓. 그냥 좀 걸었다며 씁쓸한 미소를 짓던 그녀의 얼굴도 거짓.

처음 날 마주했을 때와 비슷한 얼굴을 한 채로 이제 더는 못 하겠다 했던 조금 전의 말도 거짓은 아니었을까?

거칠게 차를 몰아 도착한 곳은 아파트 주차장이었다. 오늘 아침까지만 해도 평상시와 똑같은 모습으로 내 침대를 차지하고 누워 있던 그녀였다. 짐을 챙기고 있을지도 모른다는 생각에 재빨리 엘리베이터를 탔다.

현관문 잠금장치를 해체하는 동안에도 손끝이 떨렸다. 분노 뒤에 안타까움이, 울분 뒤에 두려움이 자리했다.

만약 이곳에도 그녀가 없다면?

집 안으로 들어선 후, 이상한 기운에 온몸의 털이 쭈뼛 섰다.

침실은 마치 한 번도 사용한 적 없는 것처럼 깨끗하게 정리되어 있었고, 안방 욕실 역시 마찬가지였다.

욕실 선반 위 그녀가 쓰던 화장품들의 흔적도 말끔히 사라지고 그녀의 짐이 놓였던 드레스 룸 한편도 비워져 있었다.

원래 텅 비어 있었던 것처럼 집 안 어디에서도 그녀의 흔적은 찾아볼 수 없었다.

"네가 나한테 어떻게."

정말 사라져 버렸다는 사실에 기가 막혀 왔다. 그녀를 위해 그리던 행복한 미래는 전부 신기루가 되어 버렸다. 결국 허상 위에 지으려 한 공중누각이었단 말인가.

그녀에게 전화를 걸어 보았지만 야속하게도 통화 연결음만 이어졌다.

"받아라, 받아."

그녀가 받을 리 없다는 것을 알면서도 계속해서 전화를 걸었다. 이번에는 메시지가 흘러나왔다.

—고객의 사정으로 당분간 착신이 정지되어 있사오니…….

"오르야……."

이름을 다정하게 부를 때면 언제나 눈을 동그랗게 뜨고 흠칫 놀라던 그녀였다. 나의 그런 다정함이 그녀에게는 경계해야 할 부분이었을까.

손에 들린, 겨우 종이 쪼가리에 불과한 계약서가 무겁게 느껴졌다.

그녀의 해맑았던 미소와 따사로운 말투가 진심이 아니었다고 생각하니 심장이 무너져 내리는 것만 같았다.

결국 이 계약서가 만들어 낸 의무와 책임일 뿐이었다? 그럴 리 없다는 생각과 그럴 수도 있다는 생각이 첨예하게 대립했다.

그녀를 고용하고, 이렇게 큰 짐을 지운 사람은 그녀의 소재에 대해 알고 있지 않을까. 실낱같은 희망 하나로 강 실장에게 전화를 걸었다.

"강 실장님, 어딥니까?"

—미국 주식시장 상황 때문에 회사인데. 무슨 일 있나?

"제가 그쪽으로 가겠습니다."

제발 계약 사항 중 마무리되지 않은 일이 있어서, 아니면 월급을 정산할 일이 있어서 그녀가 그곳에 있었으면 좋겠다는 헛된 바람이 들었다.

집무실로 들어서자, 강 실장은 무슨 일이냐는 듯 뒤를 따라 들어왔다. 의자에 기대앉으며 나는 그녀가 앉아 있었던 자리를 바라보았다.

작은 노트북을 가지고 온종일 뭘 하는지 그저 묵묵히 자리를 지키고 있던 여자. 그녀의 책상이 놓였던 곳에는 이젠 커다란 화분만이 있을 뿐이었다.

"이게 뭡니까?"

의아한 표정으로 서 있는 강 실장에게 계약서가 들어 있는 서류 봉투를 내밀었다. 안에 있는 내용물을 짐작하지 못하겠다는 듯 강 실장은 무표정한 얼굴로 봉투 안을 확인했다.

"이건, 내가 심오르 양에게……."

"그래서 그게 뭐냐고요."

"계약서입니다만."

둘이 있을 땐 경어를 사용하지 않던 강 실장의 말끝이 심상치 않은 분위기를 감지한 듯 높아졌다.

"심 양에게 받으셨습니까? 계약에 응하지 않을 거라면 저한테 말했으면 됐을 텐데……."

"강 실장님!"

흥분으로 목소리가 치솟아 올랐다.

"지금 무슨 일을 저지르셨는지 모르시겠어요? 첫 번째 계약서, 그래. 그건 그렇다고 칩시다. 거기 5조 5항에 있는 내용은 뭡니까?"

질문이 떨어진 순간 강 실장의 얼굴이 결연하게 굳어 갔다.

"쓰여 있는 그대로입니다. 사장님께서 혼인을 하실 경우 계약이 종료된다는 내용입니다."

당당한 강 실장의 태도에 헛웃음이 흘러나왔다.

"강 실장님."

"네, 사장님."

한 치의 양보도 하지 않겠다는 듯 팽팽한 긴장감이 흘렀다.

"지금 제가 갖고 놀던 장난감 하나, 먹고 있던 불량 식품 하나 빼앗았다고 잘한 일이라 생각하시는 거죠?"

표정만 보면 이미 답은 그렇다고 말하고 있었지만 강 실장은 입을 꾹 다물고 있었다.

고집스러운 양반. 대체 무슨 비뚤어진 책임감인지 그는 나를 친자식보다도 더 간섭하려 들었다. 어머니를 향해 품었던 연정이 나에게는 애증으로 작용하는 것일까.

"다를 바 없어요. 똑같아요."

"네?"

"부모님을 해한 그놈이 한 짓과 다를 바 없는 일을 하신 거라고요."

그 말을 들은 강 실장의 얼굴이 창백하게 굳어 갔다. 당장 눈앞에서 사라지라고 소리를 치고 싶었지만 차마 그럴 수는 없었다.

"찾으세요. 제 옆에 데려다 놓은 것도, 사라지게 만든 것도 실장님이니까 찾으세요. 그 사람."

한참 굳은 채 서 있다 고개를 끄덕이는 강 실장의 얼굴은 꽤 충격을 받은 듯했다.

찾아야 한다. 그녀의 마음이 거짓이었든, 진실이었든 반드시 찾아야 한다. 항변할 여지도 주지 않고 사라진 그녀를 반드시 찾아야만 한다.

그녀가 사라진 지 정확히 하루가 지났다. 예전에 잠을 잘

때 악몽에 시달렸다면, 지금은 깨어 있는 시간 자체가 악몽이었다.

그럼에도 잠을 이룰 수 없었다. 따스하게 품 안을 채워주던 이가 사라지니 모든 게 차갑게 식어 버려 심장이 바들바들 떨렸기에.

차가운 침대 위에서 뜬눈으로 밤을 지새운 뒤 겨우 몸을 일으켰다. 때마침 강 실장으로부터 전화가 왔다.

─심오르 양 오빠가 운영하는 가게를 찾았습니다. 가 보시겠습니까?

"당장 가죠."

얼어붙었던 심장이 사르륵 녹아드는 것만 같았다. 하루 사이에 어디론가 멀리 숨어 버리는 건 쉽지 않은 일이다. 그곳에 그녀가 있을 거라는 확신이 들자 심장이 세차게 뛰기 시작했다.

차가 진입하기도 힘든 허름한 골목, 낡은 건물에 붙어 있는 간판이 눈에 들어왔다.

"김 군아, 거기 오피스텔 입구에서 비밀번호 눌러야 한다. 영수증에 비밀번호 써 놨어."

"네, 다녀올게요. 사장님."

목발을 짚은 남자는 오토바이를 타고 가는 배달원의 뒷모습을 바라보며 문가에 서 있었다. 멀찍이서 보아도 그는 그녀와 많이 닮아 있었다.

"여보, 전화 좀 받아 봐."

"당신이 받으면 되지, 왜?"

"아가씨 전화야."

"오르?"

멀리서 들려오는 그녀의 이름에 심장이 쿵쾅거렸다. 망설이던 발걸음을 옮겨 가게로 향했다.

"너 어디야. 뭐? 그래서 지금 어딘데. 핸드폰은 어떻게 된 거야? 야! 심오르!"

"끊겼어요?"

"어."

망연자실한 표정을 지으며 그녀의 오빠가 한숨을 내뱉었다. 덩달아 흘리는 내 한숨 소리를 들었는지 부부가 동시에 고개를 돌려 입구에 서 있는 나를 바라봤다.

"어서 오세요. 이쪽으로 앉으세요."

그녀의 새언니로 보이는 듯한 여자의 말에 나는 조심스레 입을 열었다.

"심오르 양 일로 왔습니다."

순간 남자의 눈동자에 적개심 어린 감정이 떠올랐다.

"누구십니까?"

차가운 그 질문에 뭐라고 대답해야 할지 난감해 버릇처

럼 양복 재킷 안주머니에서 명함을 꺼내 내밀었다.

명함을 한참 동안 들여다보던 그가 얼굴을 구기며 물었다.

"당신이야? 병원비, 합의금, 다달이 들어오던 그 큰돈. 다 당신이 준 거야? 우리 오르한테 대체 무슨 짓을 한 거야!"

목발을 짚은 채 달려들던 그는 내 앞에서 중심을 잃고 고꾸라지듯 넘어지고 말았다. 손을 뻗어 부축하려 했지만 그는 내 손길을 냉정히 뿌리쳤다.

"어머, 여보."

그를 일으켜 주는 여자의 눈가에 눈물이 맺혔다. 마치 유행 지난 신파 드라마 속 한 장면을 보고 있는 듯했다.

"죄송합니다."

"뭐가 죄송해. 우리 오르 어디 있어? 애를 어디다가 빼돌렸어!"

"저도 모릅니다. 그래서 찾으러 왔습니다."

이렇게 허탕을 치게 될 줄은 몰랐다. 가족에게도 그 어떤 말을 전하지 않은 채 그녀가 사라질 줄은 정말 몰랐다.

의자에 털썩 주저앉은 그가 세상이 무너져 내릴 듯 한숨을 내쉬었다.

"우리 오르, 여태 어디서 지냈습니까?"

"저랑 함께 있었습니다."

"근데 왜 지금은 같이 안 있습니까. 내가 당신한테 고마 위해야 합니까, 아니면 화를 내야 합니까?"

가시 돋친 그의 질문에 이렇다 할 대답을 내놓을 수 없었다. 그는 마른세수를 하며 한숨을 내쉬었다.

"내가 정말 우리 오르 고생 안 시키려고 죽자 사자 일했는데……. 내가 걔 하나만큼은 잘살게 해 주려고……."

울분을 토해 내는 그의 목소리에 인상이 저절로 찌푸려졌다.

"혹시 아까 그 전화, 발신 번호라도 알 수 있을까요?"

"그거 모르게 하려고 일부러 가게로 전화한 걸 거예요."

발신 번호도 표시되지 않는 누렇게 색이 바랜 유선 전화기를 들어 보이며 그녀의 새언니는 미안한 표정을 지었다.

"혹시 다시 전화가 오면 꼭 제게 연락 부탁드립니다."

그녀의 오빠는 대답 없이 시선을 피했다. 동생을 지켜 내지 못했다는 죄책감이, 자신 때문에 이런 일이 생겼다는 피해 의식이 그를 사로잡고 있는 듯했다. 지금은 어떤 변명을 한다 해도 그를 납득시킬 수 없으리라.

나는 무거운 발걸음을 돌려 기름 냄새 흥건한 가게를 빠져나왔다. 차까지 걸어가는 동안 오만 가지 생각으로 머릿속이 어지러웠다.

차에 오르려던 찰나, 누군가가 날 부르는 소리가 들려왔다.

"저, 사장님."

고개를 돌려 보니 그녀의 새언니가 그곳에 서 있었다.

"아가씨한테 말씀 많이 들었어요."

"네?"

그녀를 통해 나에 대한 이야기를 들었다는 말에 심장이 쿵쾅거리기 시작했다.

그녀가 어떤 이야기를 했을까 하는 궁금증, 기대감, 두려움이 한꺼번에 몰려왔다.

"저이는 몰라요. 저 사람 누워 있을 때 아가씨가 저한테만 했던 이야기라."

어렴풋이 미소 지으며 그녀가 말을 이어 갔다.

"그이를 많이 애틋해해요, 우리 아가씨가."

그러니 오빠를 위해 그런 계약도 선뜻 응했겠지. 빠르게 뛰던 심장이 무겁게 가라앉았다.

"사실 엊그제 그이랑 아가씨가 싸웠어요. 삐쳐서 일부러 저 사람한테는 연락 안 하는 것 같은데. 아가씨 지금 목포에 있대요."

"목포요?"

황망한 나의 물음에 그녀는 고개를 끄덕이며 대답했다.

"목포 근처 섬에 있는 요양원에 일하러 간다고 했어요. 숙식도 해결돼서 당분간 거기서 지내게 될 것 같다고."

"어딘지는 정확히 말 안 하던가요?"

"아직요. 도착하면 다시 연락하겠다고 했어요. 확정된 건 아닌가 봐요."

걱정 어린 표정을 짓던 그녀는 깊게 숨을 들이마시더니 빙긋이 웃으며 말을 이어 갔다.

"우리 아가씨가 나한테 흉본 남자가 딱 세 명 있었어요. 첫 번째는 저이, 두 번째는 아가씨 첫사랑이었던 고등학교 음악 선생님, 세 번째가 사장님이에요."

"뭐라고 흉보던가요?"

"말해도 언짢아하지 않으실 거죠?"

나는 고개를 끄덕이며 어렴풋한 미소를 지어 보였다.

"꼭 아이 같다고 했어요. 약도 혼자 못 먹고, 잠도 혼자 못 자고, 밥도 혼자 안 먹으려 한다고요."

"그랬네요, 제가."

"그러면서도 힘들어하는 사장님의 모습이 안쓰럽다고 했어요. 하긴 마음씨 고운 우리 아가씨 눈에는 세상 사람들 전부가 안쓰럽게 보이기는 하겠지만."

"곱죠, 그 사람."

말끝이 흐려질 정도로 그녀에 대한 그리움이 몰려왔다.

"그런데 우리 아가씨 왜 놓쳤어요? 당차 보여도 되게 여리고 착한 사람인데. 아가씨한테 연락 오면 알려 드릴게요.

딴 데로 도망가기 전에 아가씨 얼른 데리고 오셔야 해요."

"네, 감사합니다."

감사하다, 꼭 연락 부탁드린다는 말을 몇 번이나 했는지 모르겠다.

혹시나 그녀의 오빠가 명함을 버렸을까 싶어 그녀의 새 언니에게 개인적으로 사용하는 휴대전화 번호와 강 실장의 연락처까지 전해 주고 나서야 겨우 차에 올라탔다.

마음 같아서는 그녀에 대해 더 많은 것을 묻고 싶었지만 연락이 오길 기다리며 발걸음을 돌리는 수밖에 없었다.

❖   ❖   ❖

골목 한쪽에 고인 물웅덩이가 꽁꽁 얼어 버릴 만큼 날이 추워졌다. 이제는 익숙해진 짤랑거리는 풍경 소리와 함께 치킨 가게 문을 열었다.

"저 왔습니다."

"반겨 줄 사람도 없는데 왜 이렇게 자주 와?"

그녀의 오빠는 이제 겨우 목발 없이 걸을 수 있는 정도가 되었다.

"아직 연락 없습니까?"

"없어요. 사장님도 아직 못 찾으셨어요?"

"……네. 요양원이 있다는 곳에 연락도 꾸준히 하고, 사람을 보내서 확인도 해 봤고, 저도 시간 날 때마다 내려가 보는데……."

자리를 잡으면 곧 연락 주겠다던 그녀는 벌써 3개월째 감감무소식이었다. 연락을 기다리다 못해 가게에 찾아가게 됐고, 어쩌다 보니 이젠 매일 퇴근길에 들르게 되었다.

처음엔 굵은 소금까지 뿌리며 노발대발하던 그녀의 오빠도 이제는 지쳤는지 독기 어린 말만 내뱉을 뿐이었다.

"실종 신고해요, 응? 여보, 우리 그거라도 하자."

그녀의 새언니가 걱정스레 말하자 그의 표정이 싸늘하게 식어 갔다.

"제 발로 걸어 나간 애야. 내버려 둬. 그리고 저 사람이 이 잡듯이 찾고 있다잖아."

"당신 혹시 아가씨 어디 있는지 알고 있는 거 아니죠?"

"으흠. 비켜. 치킨 박스 접어 놔야 해."

"세상에, 미쳤어! 당신 알고 있었구나."

나는 자리를 피하려는 듯 주방을 향해 걸어가는 그의 팔을 다급하게 붙잡았다.

"어디 있습니까, 지금."

"알려 주면 데려올 거요?"

"데려와야죠. 데려오겠습니다."

그러자 한참을 고민하던 그는 주머니에서 꼬깃꼬깃 접힌 메모지를 한 장 꺼내 나에게 건넸다.

"가 봐요. 죽어도 안 올라오려고 할 게 뻔하지만."

"감사합니다, 형님. 정말 감사합니다."

"누구한테 형님이래."

이기죽거리며 돌아선 그를 나무라는 그녀의 새언니의 목소리가 이어졌다.

"그동안 얼마나 걱정을 했는데! 진작 말해 줬어야지!"

"뭘 믿고 말해 줘? 믿을 만한 사람인지는 좀 지켜봐야 할 거 아냐."

"뭐? 그럼 나는! 당신 마누라는!"

"당신은 저 사람 처음 본 날부터 쪼르르 달려 나가서 오르한테 연락 온 거 말해 줬잖아."

티격태격하는 두 사람의 모습에 나의 입가에도 미소가 흘렀다.

"언제부터 알았어?"

"그날 알았지."

"뭐? 그날 언제."

"오르한테 처음 전화 온 날."

"뭐? 아가씨한테 연락 온 거 당신도 알고 있었다고? 어떻게?"

나는 말씨름을 하고 있는 두 사람 사이에 조심스레 끼어들었다.

"저, 이만 가 보겠습니다."

"여태 안 가고 뭐했어요. 얼른 가요."

가게를 빠져나오는 중에도 두 사람의 승강이는 계속되었다. 언젠가는 나도 그녀와 저렇게 다투는 사이가 될 수 있을까 하는 두근거리는 상상을 하며 차에 올랐다.

✿　　✿　　✿

시린 바람을 뚫고 도착한 선착장에는 겨울인데도 불구하고 희뿌연 해무가 뒤덮여 있었다.

당장 회사 옥상에 헬기라도 띄우고 싶었지만 짙은 해무 탓에 착륙 불허 판단이 내려졌다. 결국 밤새 차를 몰고 목포까지 이동했다. 그리고 그곳에서 첫 배를 타고 이곳에 닿았다.

선착장에서 섬 동남쪽에 위치한 요양원까지는 걸어서 불과 5분 거리였다. 그곳까지 가는 동안 긴장감으로 온몸이 후들후들 떨려 왔다.

요양원 입구에 서자 심장이 입 밖으로 튀어나와 버릴 것만 같았다. 가만히 두 눈을 감고 호흡을 고르고 있는데 어디선가 그녀의 목소리가 들려왔다.

"할머니, 이렇게 나오시면 감기 걸리세요."

정말 그녀가 그곳에 있었다. 굳게 닫힌 요양원 주물 대문 사이로 새하얀 간호사복 위에 연분홍색 카디건을 걸친 그녀의 모습이 보였다.

거동이 불편한 노인을 부축하며 생긋 웃음 짓는 모양이 나를 보며 웃어 주던 그 얼굴 그대로였다.

"아가씨, 우리 그이가 오늘 온다고 했어. 그리고 나 할머니 아니야. 나이 서른에 할머니라니."

"네, 네. 죄송해요. 언니, 저 이제 집에 가 봐야 해요."

"벌써 가? 우리 아들은 안 보고?"

"저 밤새도록 일했어요. 이제 가서 자야죠."

"아이고, 딱해라. 우리 아들이 심 간호사 보면 엄청 좋아할 텐데. 오늘 온다고 했거든. 이따 저녁에 와서 같이 밥 먹자. 우리 아들 서울서 좋은 회사 다녀."

"네, 저녁 먹기 전에 올게요."

편치 않은 노인 옆에 서서 살갑게 이야기를 하고 있는 그녀의 모습을 보는 것만으로도 심장이 왈칵 뜨거워졌다.

시계를 보니 이제 아침 9시였다. 새벽 조 퇴근이 10시쯤 이라고 했으니 이제 그녀가 요양원에서 나오기까지 한 시간 이 남아 있었다.

작은 건물 안으로 그녀의 모습이 사라지고 난 뒤에도 나는 한참 동안이나 그녀가 들어간 유리문을 바라보며 서 있었다.

어떤 말부터 꺼내야 할까. 날 보고 달아나면 어쩌나. 이미 나에 대한 마음이 완전히 떠났으면…….

호기롭게 찾아왔건만 갑자기 그녀를 마주하자 걱정이 몰려왔다. 절대자의 자비라도 구하고 싶어 회색빛 하늘을 올려다봤다. 하늘을 향해 해무만큼이나 희뿌연 한숨을 내쉬고 있는데, 삐거덕거리며 요양원 대문이 열리는 소리가 들려왔다.

눈 깜짝할 사이에 그녀가 내 앞을 스치고 지나갔다. 빨간색 털모자를 푹 눌러쓰고 몸을 한껏 웅크리고 가는 그녀의 뒷모습은 마치 그림 같았다.

"오르야."

그녀는 걸음을 멈추지 않고 계속 앞으로 나아갔다. 목소리가 너무 작았나 싶어 그녀를 한 번 더 불러 보았다.

"오르야!"

우뚝, 그녀의 걸음이 멈췄다. 고개도 돌리지 않은 채 그녀는 얼마간을 그렇게 가만히 서 있기만 했다. 나는 성큼성큼 걸음을 옮겨 그녀의 앞으로 다가갔다. 동그란 그녀의 눈이 나를 바라보고 있었다.

"오랜만이네. 잘 지냈어?"

대답 없이 그녀는 고개만 끄덕였다.

"춥다. 어디 들어가서 잠깐 얘기 좀 할 수 있을까?"

모자에 가려 보이진 않았지만 그녀의 미간이 좁아지는 듯했다.

"들어가서 이야기할 만한 곳이 딱히 없어요."

그때, 마주 보고 서서 이야기를 나누고 있는 우리 둘 사이로 나이 지긋해 보이는 여자가 멀뚱히 지나갔다.

"심 간호사, 잘 들어가요."

"네, 들어가세요."

여자를 향해 고개를 푹 숙여 인사한 그녀는 잠시 머뭇거리다 입을 열었다.

"이쪽으로 오세요."

멀어지는 여자를 의식하며 그녀는 잰걸음을 옮겼다. 그녀가 곤란해하는 것 같아 나는 한 발자국 떨어져 뒤를 따르기 시작했다.

선착장 반대 방향으로 5분 정도 걷자 작은 슈퍼마켓이 있는 1층짜리 건물이 하나 나타났다.

슈퍼 문은 굳게 닫혀 있었고, 그녀는 주머니에서 열쇠를 꺼내어 슈퍼 옆에 있는 작은 문을 열었다.

"들어오세요."

"음, 그래."

들어가 보니 마치 원룸처럼 생긴 공간이 있었다. 작은 침대와 책상이 놓인 그저 심심해 보이는 방 안 풍경이 그녀의 무심한 얼굴만큼이나 낯설었다.

"앉으세요."

그녀는 책상 의자를 끌어다 내 앞에 놓아 주고는 싱크대가 있는 곳으로 걸음을 옮겼다. 주전자를 올려놓은 가스레인지의 불을 켜며 그녀가 물었다.

"언제부터 거기 계셨어요?"

"방금 왔어."

"입술이 새파래요."

그녀는 아무런 무늬 없는 하얀색 머그컵에 은은한 향기가 나는 차를 담아 내왔다.

"국화차네."

"네."

그녀의 손을 잡지 못하고 아쉬워했던 그날의 기억이 떠올라 속이 바짝 타들어 가는 것 같았다. 따스한 차를 한 모금 머금는 나의 모습을 그녀가 물끄러미 바라봤다.

"무슨 일로 오셨어요?"

머그잔을 내려놓기 위해 나는 그녀가 앉아 있는 침대 왼편 책상 쪽으로 몸을 기울였다. 순간 놀랐는지 그녀가 뒤로 몸을 뺐다.

"컵 내려놓으려고 그런 거야. 걱정 마. 아무 짓도 안 해."

말끝이 힘없이 내려갔다. 그녀는 머리를 푹 숙인 채 고개를 끄덕거렸다.

내 작은 움직임에도 몸을 잔뜩 웅크리는 그녀의 모습에 가슴이 아파 왔다. 커다랗게 부풀었던 기대감과 희망이 점점 그 크기를 줄여 가고 있었다.

"나 어릴 때 말이야."

어릴 적 이야기를 털어놓는 척 그녀에게 그동안 하지 못했던 이야기를 꺼냈다. 아프고 힘들었던 때의 이야기였지만 그녀를 잃는 일이 이젠 더 두려워졌다. 이미 내 것이 아닌 사람이라 할지라도.

내 눈앞에서 어머니가 죽어 가던 끔찍한 이야기를 마치자 그녀는 창백해진 얼굴로 안타까운 표정을 지으며 날 바라봤다.

"그래서…… 그놈이 잡히기 전까지는 널 멀리할 수밖에 없었어. 그놈 목적이 너였으니까."

"그럼, 매일 꾼 꿈이…… 그것 때문이었어요?"

나는 슬쩍 고개를 끄덕여 보였다. 눈가에 눈물이 맺힌 채 어렴풋한 미소를 짓고 있는 그녀의 얼굴이 눈에 들어왔다. 울리려고 시작한 이야기는 아니었는데.

고개를 푹 숙이자 그녀의 작은 오른손이 내 왼뺨을 감싸 왔다.

"이러지 마. 연민 같은 거라면."

지금 그녀가 짓고 있는 표정이 아까 요양원에서 할머니를 바라보던 그 표정과 같아 가슴이 먹먹해졌다.

"그런 거 아니에요. 한때 내가 마음에 품었던 사람에 대한 안타까움이지."

마음에 품었던. 그녀의 말은 과거형이었지만, 내 마음은 아직도 현재형이었다.

내 왼뺨에 오른 그녀의 손을 잡아 품 안으로 끌어당겼다. 침대 모서리에 앉아 있던 그녀의 작고 낭창한 몸이 품 안 가득 들어왔다.

"오르야."

그녀의 부드러운 머리칼에 얼굴을 묻자 그리웠던 향기가 가슴속 깊은 곳까지 파고들었다. 품 안에서 바르작거리는 그녀의 작은 몸을 더 꼭 끌어안자 흔들리는 목소리가 들려왔다.

"이러지 마세요. 이제 저한테 이러시면 안 되잖아요."

왜 안 된다고 하는 건지 당장에 납득되지 않을 정도로 머릿속이 흐려졌다.

그녀에게 더 많은 이야기를 해 줘야 하는데 무겁게 가라앉았던 심장이 차올라 말문이 터지질 않았다.

"결혼하실 분에 대한 예의가 아니에요. 이제 그만 돌아가
세요."

내 가슴을 있는 힘껏 밀어내며 그녀가 말했다.

"결혼?"

"결혼 준비하고 계셨잖아요."

"그래, 준비했지. 내 여자가 좋아할 만한 집을 구하고, 내
여자가 좋아하는 취향대로 집 안을 꾸미려 준비하고, 내 여자
가 좋아할 만한 반지도 고르고. 그랬지, 내가."

그녀의 표정이 일그러지기 시작했다.

"정말 비겁하고 잔인해요. 나한테 찾아와서 이렇게까지
말하는 이유가 뭐예요? 그 계약 이제 안 하겠다고 했잖아
요! 왜요. 결혼해도 내가 필요해요? 그래서 오셨어요? 당신
이 정말 나쁜 게 뭔지 알아요?"

말끝을 흐리던 그녀가 겨우 한숨을 집어삼키더니 입을
열었다.

"나한테 사랑을 구걸하게 했잖아요."

밑바닥까지 감정을 드러내며 그녀가 울기 시작했다.

"그래. 결혼해서도 네가 필요해."

그녀는 이해가 되지 않는다는 표정으로 나를 바라봤다.

"너랑 해야 하는 거니까. 너와 내가 살 집이고, 우리가 꾸

며야 하는 집이고, 네가 껴야 할 반지니까."

겨우 울음을 멈춘 그녀가 이번에는 딸꾹질을 하기 시작
했다.

"그런 계약서, 난 있는 줄도 몰랐어. 단 한순간도 너한테
진심이 아니었던 적 없었어."

그녀의 눈가에 다시 눈물이 차올랐다. 서러움이 밀려드
는 건지 그녀의 입술은 파르르 떨리고 있었다.

나는 물기 어린 그녀의 새빨간 입술을 조심스레 머금었
다. 작은 손으로 앙칼지게 밀어내지는 않았지만 그렇다고
따스하게 목을 안아 온 것도 아니었다.

그녀의 입술을 머금은 채 의자를 침대 앞으로 밀었다. 자
연스레 작은 침대에 몸이 누여지며 조심스레 시작된 키스가
짙어지기 시작했다. 이 순간 그녀는 어떤 표정을 짓고 있을
까.

슬며시 입술을 떼어 내고 그녀를 내려다보았다. 붉게 상
기된 얼굴, 빨갛게 부어오른 입술, 아직도 눈물이 그렁그렁
한 까만 눈동자까지. 사랑스럽다는 말 외에 그 어떤 말을 대
신할 수 있을까.

"아무 짓도 안 하신다면서요."

뾰로통한 그녀의 말에 피식 웃음이 흘러나왔다.

그 웃음 하나에 그간의 고생이 한꺼번에 씻겨 내려가는

🌿

기분이었다.

"그리고 나에 대해 뭘 아신다고 결혼이에요."

그녀는 새초롬한 표정을 지어 보이며 말을 이어 갔다. 그런 그녀의 모습을 바라보고 있는 것만으로도 흐뭇하고 좋아 뭐라 대꾸를 해야 할지 떠오르지 않았다.

"맨날 이렇게 덮치기나 했지. 여자 마음도 모르면서."

"이제 알았잖아."

"알기는 뭘 알아요. 지금도 덮치려고 했으면서."

돌아눕는 그녀의 뒤로 몸을 누이며 허리를 살포시 끌어안았다. 그리고 자연스레 팔을 뻗어 팔베개를 해 주었다.

"그럼 우리 오르 꼬시려면 내가 연애라도 걸어야 하나?"

"걸긴 뭘 걸어. 옷걸이야? 연애를 걸게."

이젠 그녀의 목소리에 조금씩 웃음이 묻어나고 있었다.

"재워 줘. 나 한숨도 못 잤어."

"벌써 졸고 있는 거 다 알아요. 목소리에 졸음이 가득하네, 뭐."

큭큭거리는 웃음이 흘러나왔다.

좁은 침대 위, 그녀를 꼭 끌어안은 채 나는 스르륵 눈을 감았다. 밤새 일을 한 그녀도 피곤한지 가만히 품에 안겨 고른 숨을 내쉬었다.

그래, 우리 연애하자. 오르야.

✿   ✿   ✿

[계약서]

본 계약은 심오그(이하 갑), 이타(이하 을) 간의 쌍방 협의를 통해 2015년 1월 23일로부터 유효하다.

1. 일주일에 한 번 갑의 생활권 내에서 만난다. 단, 갑이 주말에 일이 있을 경우 만나지 못할 수도 있다.

2. 전화 통화는 하루에 한 번, 갑의 근무 시간을 피해서만 할 수 있다.

3. 문자메시지, 메신저 등에 답이 없다거나 느리다고 기분 나빠하지 않는다.

4. 이제라도 갑은 순결(?)을 지켜야 한다.

이하 생략.

새하얀 A4 용지에 적힌 그녀의 앙증맞은 글씨에 참으로 기가 찼다.

"이게 뭐야?"

"우리 연애 계약서요."

"뭐?"

"저도 갑질 한번 해 보고 싶어서요."

헛웃음이 피식 흘러나왔다. 품 안이 허전해 눈을 떴더니 그녀는 책상 앞에 앉아서 무언가를 열심히 적고 있었다. 그렇게 열심히 적은 게 바로 이 계약서였다.

"싫음 말고요."

내 손에 들린 계약서를 빼앗아 가려는 그녀를 저지하며 크게 숨을 들이마셨다.

"누가 싫대? 한 번 더 읽어 보고."

"질문 있으면 하시고요."

팔짱을 끼며 도도한 표정을 짓는 그녀는 그동안 내가 알고 지냈던 심오르가 맞나 싶을 정도였다.

"1번, 2번 항목. 그럼 서울엔 안 가겠단 얘기야?"

"당장은요."

"왜?"

"왜긴 왜예요? 여기가 제 직장인데. 사장님은 제가 서울에 있는 거 다 포기하고 여기 내려오라고 하면 오실 수 있어요?"

한참을 고민하던 나는 힘없는 대답을 내놓았다.

"아니."

그저 달달한 연애를 할 수 있을 거라 생각했건만 이건 마치 그녀의 설욕전 같은 느낌이었다.

"하루에 한 번만 통화하는 건 너무 심하지 않아? 문자메시지에도 바로 답 안 하겠다는 거야?"

"제가 사장님 곁에 몇 개월 있어 봤잖아요. 사장님은 엄청 바쁘시고 저도 이제 바쁘니까 공평하게 하루에 한 통화만 해요. 아! 그럼."

"그럼?"

"손 편지에는 바로 답장 쓸게요."

끙 하는 신음이 목울대를 울리고 흘러나왔다.

"그래. 좋지, 편지. 그럼 4번은?"

"쓰인 그대로죠."

결연한 그녀의 얼굴을 바라보며 나는 질문을 이어 갔다.

"이 순결의 마지노선이 어딘데? 섹스는 안 된다, 이 말이야?"

"네."

두 뺨을 붉히며 대꾸하는 그녀의 모습에 심장이 두근거리기 시작했다.

잠에서 깨어나 그녀를 본 순간부터 참느라 미칠 것 같은데. 그녀는 날 말려 죽이려고 작정을 했나 보다.

"삽입 직전까지는 괜찮다는 거네?"

"사장님!"

빽 소리를 지르며 정색하는 그녀의 모습이 귀여웠다.

"계약서라며. 원래 이런 거 쓸 때는 분명하게 해야 하는 거야. 그래야 나중에 딴소리 안 하지. 삽입 직전까지 맞지?"

고민에 빠진 듯 그녀가 미간을 찌푸렸다.

"그건 고민 좀 해 봐야겠어요."

"순결을 지키지 않는 쪽으로 고민을 해 보겠다는 건가?"

"아뇨."

"그럼?"

호기롭게 계약서를 써 놓기는 했는데 그녀는 본인 꾀에 본인이 넘어가고 있는 듯했다.

"손잡으면 안고 싶고. 안으면 뽀뽀하고 싶고. 뽀뽀하면 키스하고 싶고. 키스하면 여기저기 더듬고 싶고. 그러면⋯⋯."

시무룩한 표정을 지으며 내뱉는 그녀의 말에 나는 미칠 것만 같았다.

"그럼. 고민할 게 아니라 해 보면 되겠네."

"네?"

"네가 어디까지 버틸 수 있는지 한번 해 보자고. 계약서는 원래 예측치가 아니라 경험적, 실증적 사실에 입각해서 작성되어야 하는 거야. 나한테 갑질 하고 싶다며. 그럼 더 정확하게 작성해야 되지 않겠어?"

"그런가?"

그녀가 고개를 갸웃하는 사이, 나는 책상 의자에 앉아 있는 그녀의 팔을 잡아끌었다. 돌돌돌 의자가 구르며 침대 모서리에 앉아 있는 내 무릎 사이로 그녀가 들어왔다.

갑은 여전히 고민하고 있는 모양이었지만, 을은 갑의 정확한 계약서 작성을 위해 이미 노력 봉사할 준비가 되어 있었다.

손가락 하나하나를 얽어 깍지를 끼고 그녀를 바라봤다. 어떤 기억을 되짚어 보고 있는 건지, 대체 저 작고 예쁜 머릿속에서 어떤 상상을 하고 있는 건지, 그녀의 얼굴은 발그레하게 상기되어 있었다.

손깍지를 낀 채로 그녀를 잡아당겨 무릎에 앉혔다.

"저기, 이러시면……."

"계약서 작성을 위한 거라니까."

그녀의 목덜미에 코끝을 스치며 숨을 한껏 들이마셨다가 내쉬자 작은 몸이 파르르 떨렸다. 보드라운 살결에 입을 맞추고 체향을 들이마시다 턱 끝으로 입술을 옮겨 갔다. 그러자 그녀의 입에서 더운 숨이 흘러나왔다.

새빨간 입술을 슬쩍 머금자 그녀는 첫 키스라도 하는 소녀마냥 입을 굳게 다물었다. 그런 반응이 나를 더 자극한다는 사실을 모르는 듯했다.

굳게 닫혀 있는 입술 사이를 혀로 가르고 아랫입술을 살짝 깨물자 그녀가 자연스레 입을 벌렸다.

머뭇거리고 있는 그녀의 혀를 깊게 빨아들이며 휘감아쳤다. 이내 그녀의 목울대에서 여린 신음이 울렸다.

자연스레 내 왼손은 그녀의 허리에 감겨 있었고, 오른손은 그녀의 목덜미를 매만지고 있었다. 그러다 어깨를 그러쥐고 빗장뼈를 따라 젖가슴으로 내려갔다.

두터운 니트 위로 봉긋하게 솟아 있는 가슴을 움켜쥐자 그녀가 허리를 비틀며 가녀린 팔을 내 목에 감아 왔다. 얌전하게 모아져 있는 그녀의 다리를 짓궂게 벌리고 청바지 위로 그녀의 비부를 매만졌다.

"으음."

입안으로 그녀의 신음이 쏟아져 내렸다. 그녀가 계속해서 허리를 비트는 바람에 엉덩이가 내 허벅지를 자극하고 있었다.

무릎 위에 앉혀 놨던 그녀의 허리를 번쩍 안아 들어 침대에 눕혔다. 입술이 잠시 떨어지자 차오른 숨소리가 작은 방 안을 채웠다.

"하아. 지금까지는 괜찮아?"

그녀는 세차게 고개를 저었다. 더 이상 참지 못하겠다는 그녀의 행동에 머릿속에서 무언가가 파바밧 터져 버리는 것 같았다. 그 이후 나의 손길은 걷잡을 수 없이 빨라졌다.

이제 온전히 내 사람이 될 그녀를 빨리 안고 싶고, 차지하고 싶고, 사랑해 주고 싶어서 아랫도리가 터져 나갈 것만 같았다.

"오르야."

그녀는 밭은 숨을 몰아쉬며 반짝이는 두 눈으로 나를 올려다봤다.

"사랑해."

이런 말은 생전에 처음 듣는 사람처럼 그녀는 놀란 표정을 지었다. 이윽고 그녀의 눈가에 눈물이 차올랐다.

"사랑한다는 말 태어나서 처음 들어 봐요."

"나도 태어나서 처음 해 봐."

그녀가 빙그레 미소를 지으며 내 목을 끌어안았다. 감격에 겨워 매달리는 여자를 만족시켜 주는 것은 응당 남자가 해야 할 일. 그리고 을이 갑을 위해 해야 할 일이었다.

민트색 니트를 들어 올려 벗겨 내자 새하얀 브래지어가 그녀의 부드러운 살결을 감싸고 있는 것이 보였다.

양 가슴 사이에 얼굴을 묻고 비벼 대자 정신이 몽롱해지는 것만 같았다. 그간의 마음고생이 아무것도 아닌 것처럼 느껴질 만큼 그녀에게 기분 좋게 취해 들었다.

그녀의 등 뒤로 손을 넣자 작은 몸이 바르작거리며 슬며시 들렸다. 브래지어 훅을 풀어냄과 동시에 탱글거리는 젖가슴이 드러났다. 두 손으로 양 가슴을 움켜쥐고 흥분하여 딱딱하게 돋아난 유두 끝을 입술로 당겨 보았다.

"하웃."

"너무 달아. 다 삼켜 버리고 싶어."

말이 떨어짐과 동시에 그녀의 작은 손이 내 머리칼을 움켜쥐었다. 그녀가 달아오를수록 내 심장도 빠르게 뛰어 갔다.

입술을 천천히 그녀의 배꼽 언저리로 옮겼다. 움푹 파여 있는 그곳에 키스를 하듯 혀를 돌리자 그녀가 허리를 튕기며 신음을 내뱉었다.

"하아."

청바지 허리선을 따라 이로 긁어 대며 입맞춤을 더했다. 그녀의 신음 소리는 더욱 절박해졌다. 아주 느린 손놀림으로 버클을 풀어내며 그녀가 깊게 숨을 들이마시고 내쉬는 모습을 눈에 담았다.

크게 들썩이는 그녀의 가슴을 한 손으로 움켜잡고 청바지를 벗겨 냈다. 나중에는 흥분한 그녀가 발로 직접 바지를 밀어내고 있었다.

젖어 있는 그녀의 비부에 하얀색 레이스 팬티가 달라붙어 있었다. 한 손을 마저 뻗어 그녀의 양 가슴을 움켜잡은 채 엄지로 단단해진 유두를 빙글빙글 돌려 보았다. 동시에 내 입술은 젖어 있는 레이스 위를 움직이기 시작했다.

"흐응."

그녀의 신음 소리가 농염해지고 있었다. 극한까지 달아

오른 그녀의 모습을 충분히 감상할 정도로 여유롭지 못했지만 나는 참고 또 참았다.

레이스 팬티가 젖을 만큼 젖었다는 생각이 들자 몸을 일으켜 그녀의 옆으로 누웠다. 그녀는 내 눈을 똑바로 마주 보지 못하고 콧등을 바라보며 밭은 숨을 내쉬었다.

왼손 엄지 끝으로 붉게 달아오른 그녀의 입술을 매만지며, 다른 쪽 손으로 그녀의 목을 받쳤다. 그리고 입술을 내려 그녀의 입안을 다시금 파고들었다.

입술을 매만지던 왼손은 어느새 그녀의 팬티 안으로 들어가 있었다.

부드럽게 손바닥을 간지럽히는 풍성한 수풀을 가르고 내려가자 흠뻑 젖어 있는 골이 드러났다. 탱글탱글하게 부풀어 오른 돌기를 손끝으로 매만지자 그녀가 다급하게 내 상체를 끌어안았다.

어디를 매만져 주고 찔러 넣어야 그녀가 반응하는지쯤은 이미 알고 있었다. 문제는 한 번에 그것을 다 충족시켜 주고 싶지 않다는 짓궂은 내 마음이지만.

일부러 그녀가 느끼는 부분을 비껴가며 손을 움직였다. 그러자 그녀의 골반이 내 손가락의 움직임을 따라 들썩이기 시작했다.

나는 슬쩍 입술을 떼어 내고 그녀를 내려다봤다.

"어때?"

모호한 물음에 그녀는 말을 잊은 사람처럼 뜨거운 숨을 몰아쉬었다.

"이 정도면 참을 수 있겠어? 그럼 계약대로 여기서 멈추고."

그녀는 고개를 절레절레 내저었다. 처음부터 멈출 생각이 없었지만 나는 무심한 척하며 고개를 끄덕였다.

"그래, 그럼. 갑이 원하신다면."

남자의 스피드는 내 여자가 흠뻑 젖어 있는 모습을 봤을 때 발휘된다. 태어나서 이렇게 빠른 속도로 옷을 벗어 본 적은 처음이었다. 단단한 나신을 그녀의 말캉한 몸 위에 올렸다.

삽입도 하기 전에 그녀의 표정이 묘하게 일그러졌다. 그런 그녀의 표정은 아름답기만 했다. 나는 성기 끝을 그녀의 질구에 갖다 댄 채로 가만히 있었다. 그러자 그녀가 무릎 안쪽으로 내 허리를 조이며 두 다리로 엉덩이 언저리를 휘감았다.

"안아 줘요."

어깨 위로 손을 올리며 말하는 그녀의 목소리에 심장이 왈칵 솟아올랐다. 이별을 고하고 사라지기 전날 밤, 그녀의 목소리가 생각나서였다.

"너 그때 정말 나빴어."

"언제요?"

"한 번만 더 안아 달라고 조르던 밤."

어렴풋한 미소를 지으며 그녀가 대꾸했다.

"아닌데. 내가 당신한테 나쁘게 굴었던 건 딱 한 번밖에 없어요."

"언제?"

"약 먹고 체리 맛 사탕으로 당신 애 취급한 거요."

장난기 어린 그녀의 말에 웃음이 흘러나왔다.

"어른인 당신을 애 취급해서 미안해요."

요염한 미소를 흘리며 윗니로 입술을 깨물어 보이는 그녀의 모습에 그동안 유지하고 있던 균형과 조화가 완벽하게 틀어졌다. 그 바람에 매끈한 애액을 내뿜는 뜨거운 살덩이 속을 단번에 파고들고 말았다.

"아앗!"

신음을 내지르며 그녀가 두 눈을 꼭 감았다. 뜨겁게 감싸오는 살결을 오롯이 느끼기도 전에 허리가 저절로 움직였다. 내 몸 아래 깔린 채 신음을 내뱉으며 정염 어린 표정을 짓고 있는 그녀의 얼굴이 신기하기까지 했다.

나는 들끓는 감정을 주체하지 못하고 속도를 높여 가기 시작했다.

내 평생에 고작 여섯 달을 함께했고, 그 후 3개월을 헤매게 만든 여자였다. 그런데 이제 내 전부가 되어 버리고 말았다. 순식간에 내 전부를 차지해 버린 그녀를 향한 뜨거운 감정에 가슴속이 터져 버릴 것만 같았다.

오래도록 천천히 그녀를 안고 싶었지만 단단한 물건을 조여 오는 움직임에 맥없이 사정을 해 버리고 말았다.

작은 그녀의 위에 몸을 눕힌 채 한참 가만히 있었다. 그녀의 안이 움찔거릴 때마다 짜릿한 후희에 전율이 일었다.

"오르야."

"네?"

묘한 신음이 섞인 그녀의 대답에 또다시 흥분이 몰려왔다.

"미치겠다, 정말."

어깨를 그러안고 있던 팔을 목에 두르며 그녀가 날 꼭 끌어안았다.

"나도요."

순식간에 그녀의 안을 채운 물건이 다시 팽팽하게 부풀어 오르기 시작했다.

"이걸 어떻게 참아. 나 미치라고?"

피식거리는 그녀의 웃음소리가 들려왔다. 그녀가 입술을 옮겨 내 귓불을 잘근잘근 씹어 대며 빨아들이기 시작했다.

"하아. 오르야."

천천히 허리를 돌리며 그녀의 목덜미에 얼굴을 묻은 채 신음을 내뱉었다.

벗어나고 싶지 않았다. 그녀의 안은 영원히 이 시간이 지속되었으면 하는 생각이 들 만큼 안온했다. 그리고 이제 그녀의 만족을 위할 정도의 여유가 생겨난 것 같았다.

"으음."

나는 반경을 크게 하여 허리를 돌렸다. 그녀의 입에서 신음이 흘러나왔다. 그와 동시에 그녀가 내 위로 올라타 주저앉았다. 그리고 두 눈을 꼭 감은 채 골반을 돌리기 시작했다.

두 눈이 뒤집혀 버릴 만큼 농염한 그녀의 모습에 숨이 멎어 버릴 것만 같았다.

"허억. 오르야."

슬쩍 엉덩이를 들었다 주저앉은 그녀는 인상을 찌푸리며 짙은 신음을 내뱉었다. 가슴 한가득 그녀를 차지하고 싶어 상체를 일으킨 나는 그녀의 몸을 끌어안았다. 내려앉은 그녀의 안에 완벽히 파묻혀 버렸다. 그렇게 정복당한 기분도 야릇하고 좋았다.

골반을 튕겨 내는 그녀의 움직임과 함께 나도 허리를 튕기기 시작했다. 우리의 움직임이 리드미컬하게 맞아 떨어졌다.

점차 속도가 붙기 시작하자 주변 공기가 무거워지는 것 같았다. 묵직하고 끈적한 공기 안에 우리 둘의 움직임만 오롯이 살아 있는 기분이었다.

살아 있다. 그래, 그녀와 함께 있는 시간이 소중한 건 그녀의 존재 자체가 내 삶이 되어 버렸기 때문이다. 죽지 못해 산다는 기분으로 우울하고 딱딱하게 하루하루를 연명해 왔건만, 그녀는 새 생명을 불어넣듯 내 인생에 새로운 의미를 만들어 주었다.

소중하고 또 소중한 여자. 나보다 더 나를 잘 알고 있는 듯 굴다가도 한 발짝 물러서서 애간장을 태우는 여자. 그런 그녀를 위해 이제 마음껏 사랑해 주는 일만 남았다.

절정을 느끼는 듯 그녀의 움직임이 잦아들었다. 허리를 비틀며 신음을 내뱉는 표정이 아름다웠다. 나는 그녀의 몸을 감싸 안으며 침대에 누웠다. 여전히 맞닿아 있는 부분은 뜨거웠다.

클라이맥스를 이렇게 흘려보낼 수는 없었다. 더한 절정으로 만족감을 안겨 주고 싶다는 생각에 몸을 바르작거리는 그녀를 더 깊고 빠르게 파고들었다.

"하아."

짙은 신음을 흘린 그녀가 호흡을 멈추고는 입술을 꼭 깨물었다. 그녀의 속눈썹이 떨림과 동시에 아랫도리가 아찔하게 조여 왔다.

"아아. 오르야."

빠르게 움직이던 몸짓을 멈추고 땀으로 흥건하게 젖은 그녀의 몸을 꼭 끌어안았다.

서로의 맥박이 하나가 되어 울리는 듯했다. 몸과 마음이 하나가 된 기분은 말로 다 표현하기 힘들 정도였다.

벅차오른 숨소리와 함께 그녀의 목소리가 들려왔다.

"계약 내용을 추가해야겠어요."

"어떻게?"

몸을 일으키자, 그녀가 A4 용지를 집어 와서는 무언가를 적기 시작했다.

ㄴ. 갑이 원할 경우, 을은 언제든 응한다.

나를 향해 빙긋이 미소 짓는 얼굴이 너무도 사랑스러웠다.

"그럼 우리 갑 양이 원하게 만들면 되는 거잖아. 좋아, 계약 체결. 근데 이거 왜 계약 종료 시점이 없어?"

"글쎄요."

그녀는 묘한 미소를 흘리며 눈동자를 한 바퀴 굴렸다. 나는 볼펜과 그녀의 손을 함께 움켜쥔 채로 글씨를 쓰기 시작했다.

　계약의 종료:갑과 을이 혼인할 경우, 본 연애 계약은 종료
된다.

epilogue 1
송이주의보

"미국 금리 인상 조짐이 보이는 가운데, 오전에는 장 출발이 순탄치 않았어. 하지만 오전 10시를 기해 중국 경기 선행 지수가 5개월 만에 상향 조정되면서 중국 경제 성장세에 대한 기대치가 반영돼 오후에는 코스피 지수가 급등하기도 했고, 장 중 한때 사이드카가 발동되기도 했어."

미국 출장을 마치고 돌아오는 길, 인천 공항에서 회사로 향하는 동안 강 실장의 브리핑이 계속되었다.

"지난달에 하 팀장이 구성한 펀드 투자 종목 추이 작성해서 보고하라고 하고, K 제조사 퇴직연금은 어떻게 됐습니까?"

"확정 기여형으로 계약할 예정이야."

눈가가 침침해지고 숨이 턱 막혀 왔다.

뉴욕 알바니 소재 전자 회사와의 투자 회의를 마치고 급하게 비행기에 오른 탓에 쉴 틈이 없었다. 시카고를 거쳐 인천으로 오는 동안 기획안을 다시 검토하느라 잠을 청하지도 못했다.

"다음 미팅은 강 실장님이 가도록 하시죠. 그리고 김 대리가 출장 보좌를 하기에는 아직 무리인 것 같네요."

호텔 체크아웃 날짜를 잘못 예약한 바람에 한뎃잠을 잘 뻔했고, 회의를 마치고 알바니 공항으로 이동하는 공항 센딩 서비스 담당 기사와 연락이 되지 않아 결국 급하게 택시를 잡아타야 했으며, 시카고에서의 트랜스퍼 시간이 짧았던 탓에 인천행 항공기를 놓칠세라 구둣발로 미친 듯이 달려야 했다.

서울이 가까워질수록 극한의 피로감이 몰려오기 시작했다.

"집으로 갈 건가?"

"아뇨. 회사로 가겠습니다."

차창 너머로 여울져 가는 노을을 바라보며 지난 주말 선착장에서 그녀가 한 말을 떠올렸다.

"저한테 하셨던 걸 생각하면 밉기는 하지만 다 우리 송이 씨를 생각해서 강 실장님이 그러신 거잖아요. 간호하라고 붙여 놨더니 정신 빠질 만큼 꼬셔 놨는데, '혹시 얘가 꽃뱀은 아닌가?' 하는 생각을 하셨을 수도 있죠."

배시시 웃으며 농담처럼 말을 건네던 그녀 생각에 답답했던 가슴이 사르륵 풀어지고 말았다.

집무실에 도착하자마자 그녀의 목소리를 듣기 위해 전화기를 들었다. 휴대전화 신호가 가는 동안 괜히 초조해졌다.

출장 기간 내내 시간이 맞지 않아 제대로 통화를 할 수가 없었다. 뭘 이렇게 비싸게 구는지 절치부심한 그녀의 갑질은 그야말로 일취월장이었다.

─출장 잘 다녀왔어요?

"왜 이렇게 늦게 받아?"

─지금 근무 시간이에요. 받은 걸로도 감사하시죠?

피식 웃음이 터져 나왔다. 근무 시간에 전화했다고 타박을 받고 있는데도 바보 천치처럼 웃음이 새어 나오고 말았다. 못났다, 이타.

"퇴근 시간 거의 다 되지 않았나?"

─오늘 좀 늦을 것 같아요. 김 할머니께서 마당에서 넘어지셔서 목욕을 좀 도와드려야 해요.

"고생 많네."

나도 모르게 안타까운 음성이 흘러나왔다.

—어, 이거 동정하는 목소린데?

"아닌데? 내 여자가 고생하는 게 안타까워서 하는 소린데?"

수화기 너머로 까르륵 웃는 소리가 들려왔다. 유쾌한 웃음소리에 스무 시간이 넘는 비행에도 불구하고 지금 당장 목포로 달려갈 수 있을 만큼 기운이 샘솟았다.

—끊어야 할 것 같아요. 그럼 수고해요.

"뭐야. 며칠 만에 통화하는 건데 벌써 끊어."

—가 봐야 해요.

단호한 그녀의 목소리에 잔뜩 부풀었던 심장이 푸르르 꺼져 갔다. 내가 이리도 단순한 인간이었단 말인가.

"알았어. 수고해."

—그럼 내일 또 통화해요.

담백한 인사를 마지막으로 그녀는 전화를 끊어 버렸다. 수화기 너머로 뽀뽀라도 시키고 싶었지만 그랬다가는 무슨 소리를 들을지 모르니 그런 경거망동은 삼가야 했다.

집무실 책상 앞에 앉아 서류함 제일 윗칸을 열고 연분홍색 편지지를 두어 장 꺼냈다. 그와 함께 라일락 향기를 풍기는 잉크가 담긴 만년필도 집어 들었다.

목소리를 듣고 싶을 때면 언제든 통화하고, 인스턴트 메시지로 시시각각 서로의 존재를 확인하는 빠른 사랑은 싫다는 그녀의 뜻에 서서히 물들어 가고 있는 요즘이었다.

마음을 주고받기 전에 몸을 먼저 섞은 사이라지만 천천히, 그리고 깊게 서로를 알아 가자는 그녀의 마음이 이제는 조금 이해될 것 같기도 했다.

통화 몇 분이면 해갈될지도 모르는, 메시지 몇 개면 지나치고 말 감정을 오늘도 나는 아주 오랜 시간 동안 손글씨로 풀어내야 할 터였다.

그녀를 향한 마음을 오롯이 마주하는 순간은 떨어져 있는 아쉬움만큼이나 애틋했다.

❀　　　❀　　·　❀

내 인생의 산들바람, 나의 오르.

벌써 당신을 처음 만났던 그 계절이 다가오고 있어.

흔히들 여자는 봄을 타고, 남자는 가을을 탄다고 하지만, 한 여자에게 푹 빠져 사랑을 꿈꾸는 남자에게 봄은 참 설레는 계절이다.

작년 봄 꽃밭 흩날리는 계절을 그리 흘려보낸 게 얼마나 후회스러운지.

내 인생에 봄이 수십 번 피고 지었는데 그동안 단 한 번도 제대로 된 꽃구경을 못 해 본 게 얼마나 한심스러운지.

　하지만 그런 사실을 이미 다 알고 있는 것처럼 나를 돌아보게 해 주는 사랑스러운 여자가 곁에 있지.

　또 본인이 그렇다는 걸 여우같이 잘 알아서 혈기 왕성한 남자를 얼마나 힘들게 하고 있는지…….

　단순히 보고 싶다는 말로는 부족하고, 그립다는 말로는 너무 사무쳐서 안타까운 오르야.

　사랑한다.

　살면서 가장 어리석은 질문이라 여겼던 게 '만약에'라는 물음이었다.

　만약에 그때 아버지께서 돌아가시지 않았다면, 나는 나의 부족한 점을 아버지의 모습에서 찾아보는 노력이라도 할 수 있지 않았을까.

　만약에 어머니께서 살아 계셨더라면, 우리 아들 대견하다고 말씀해 주시지 않았을까.

　이런 질문을 스스로에게 던지는 것만으로도 내 자신이 참 작아지는 기분이었다. 뜨거운 볕이 내리쬐는 사막 한가운데에 바람을 맞고 서 있는 것처럼. 가도 가도 끝이 없는 외통의 좁다란 길을 걷고 있는 것처럼.

　나약해지면 한없이 무너져 내려 버릴 것만 같아서 억지로 견여 왔는지도 모르겠다.

하지만 이젠 오르 네가 있으니까.

내게도 만약이란 질문이 허락된 기분이다.

만약 그날 내가 끼얹은 독한 술에 네가 도망가 버렸더라면.

만약 내가 꼭꼭 숨어 버린 너를 찾지 못했더라면.

만약 네가 아니었더라면……

이런 질문을 떠올릴수록 반드시 너여야만 한다는 결론이 내려진다.

너를 처음 만난 이 계절이 가기 전에 우리 함께할 수 있을까?

—친절한 송이.

생김새만큼이나 반듯한 그의 글씨체는 언제나 입가에 미소를 머금게 했다.

하루에 한 번씩만 전화하라고 했더니, 그는 말 잘 듣는 어린아이처럼 꼬박꼬박 하루에 한 번씩만 전화를 걸어 왔다. 손 편지를 써 달라는 나의 말도 잊지 않고 마음이 담긴 편지를 하루에 한 통씩 보내왔다. 스치는 말로 연분홍색을 좋아한다고 했더니 편지지는 언제나 연분홍색 장미가 페인

253

팅된 종이였다.

꽃 싫어하는 여자가 있겠느냐는 말도 기억하는지 늘 꽃 향기가 나는 잉크가 담긴 만년필로 편지를 써 왔다.

이렇게나 자상하고 세심한 사람이 그동안 혼자 얼마나 외로웠을까 하는 안쓰러운 생각이 들다가도, 나에게 좀 더 빠졌으면 좋겠다는 욕심도 생겨났다. 그 어떤 조건을 들이댄다 해도 현실적으로 내가 그보다 한참 모자란 것 같은 기분 때문인지도.

답장을 쓰기 위해 문방구에서 사 온 편지지와 까만색 유성 볼펜을 집어 들었다.

친절한 송이 씨.

오늘 바다에는 파랑주의보가 내려졌어요.

바람이 세지도 않은데 파도가 높아지면 내려지는 게 바로 파랑주의보래요. 참 이상하죠?

우리가 알지 못하는 어떤 힘의 근원이 바닷속 깊은 곳에서 움직여 파도가 갑자기 높아지는 걸까요?

예전에 그런 생각을 했었어요. 사랑은 갑자기 몰아닥치는 폭풍처럼 그 감정에 휩쓸려 빠져드는 것이 아닐까 하고요.

그런데요. 사랑은 그렇게 빠지지 않더라고요.

잔잔했던 파도가 겹치고, 겹쳐서 높이 치솟아 오르는 것처럼. 깊은 곳에서 끓어오르던 감정이 차곡차곡 차오르는 것처럼. 그렇게 빠졌네요, 제가. 당신한테.

(다른 이와 사랑에 빠졌다면 그런 폭풍이 정말 몰아쳤을지도 모르지만. 발끈하지 마요. 농담이에요.)

오늘 그래서 제 마음에는 송이주의보가 내려졌어요.

뭘 해도 이제는 당신 얼굴만 떠오르네요. 의료인의 객관적인(?) 시각으로 봤을 때 이거 중증인 것 같아요.

그래서 이번 금요일을 마지막으로 섬을 떠나려고 해요. 이러다 정말 죽은 것 같아서. 헤헤.

와 줄 거죠?

—여우같이 다 알고 있는 바람 양.

✿   ✿   ✿

따스한 봄바람이 파도를 타고 날아와 치맛자락을 휘리릭 휘저었다.

"오르 씨, 이렇게 올라가신다고 하니 아쉽네요."

수줍은 미소를 지으며 남자가 명함을 건넸다.

"이거 제 명함이에요. 서울 오시면 연락 한번 주세요. 그동안 저희 어머니 잘 보살펴 주셨는데 제가 밥이라도 살게요."

나는 그저 그를 바라보며 싱긋 미소를 지었다. 그때, 저 멀리 배가 들어왔다.

'왔구나!'

남자에게 등을 진 채 다가오는 작은 여객선을 바라봤다. 갑판에서 이쪽을 바라보고 있는 그의 모습이 눈에 들어왔다.

"저, 오르 씨."

"네?"

남자가 손을 내밀었다.

"반가웠어요. 나중에 기회되면 봬요."

"네, 저도 반가웠어요."

악수에 응했을 뿐인데 그가 내 손을 놓지 않고 머뭇거렸다.

"아쉽네요."

"남의 마누라 손잡고 뭐하십니까?"

등 뒤에서 들려오는 뾰족한 목소리에 피시식 웃음이 새어 나왔다. 그의 고압적인 목소리에 남자는 흠칫 놀란 듯 손을 뺐다.

"오르 씨 결혼하셨어요? 미혼이라고 들었는데……."

"네, 아직은 그래요."

"뭐가 아직은 그래. 결혼하러 서울로 올라갑니다. 모르셨어요?"

"아, 몰랐습니다. 제가 실례를……."

남자의 사과에도 불구하고 그의 딱딱한 표정은 풀어지지
않았다. 내 남자가 질투를 하는 것은 이토록 떨리고 뿌듯한
일이구나.

"이제라도 아셨으면 됐습니다. 그럼, 저희는 갈 길이 멀
어서 이만."

"조심히 가요, 오르 씨."

"네, 서준 씨."

일부러 살갑게 남자의 이름을 부르자 그가 나를 가로막
고 섰다.

"짐은 이게 다야?"

"네."

생글거리는 미소가 절로 지어졌다. 내 미소를 마주한 그
의 입꼬리도 슬쩍 뺨을 타고 올라갔다. 하지만 그는 이내 헛
기침을 해 대며 퉁명스레 짐을 집어 들었다.

"가자. 배 금방 떠나."

"알아요."

뾰로통한 표정을 고수하는 그를 따라 배에 올랐다. 그러
자 그는 고갯짓으로 남자가 서 있는 쪽을 가리키며 무심한
말투로 물었다.

"누구야?"

"김 할머니 아드님이요. 서울에서 좋은 회사 다닌대요."

"우리 회사도 좋아. 짜식이 엄마 있다고 유세 떠는 것도 아니고."

그의 말에 황당한 웃음이 흘러나왔다.

"어머. 서준 씨가 언제 유세를 떨었어요?"

"그랬어. 무조건 그랬어."

어린아이 같은 모습은 여전했다. 물론 그 모습이 사랑스러워 미치겠는 나도 여전했다.

심통 난 그의 얼굴을 올려다보고 있는 사이, 배가 출발했다.

"뭘 그렇게 봐?"

"삐쳤어요?"

"아니."

"질투해요?"

"아니."

그는 일부러 나와 시선도 마주하지 않고 선착장 쪽을 노려보고 있었다. 그때였다.

"오르 씨! 행복하세요! 땡잡았다, 이놈아!"

섬에서 멀어지는 배를 향해 소리치는 서준 씨의 목소리가 들려왔다.

"저 자식이 지금!"

"어우. 서준 씨가 사람 보는 눈이 있어요. 땡잡은 거 맞지, 뭐!"

그에게 팔짱을 끼며 팔을 가슴 쪽으로 끌어당겼다. 그러자 순식간에 그의 뺨이 붉게 물들었다. 고개를 돌려 얼굴을 내린 그가 동그란 내 이마에 입을 맞췄다.

"예뻐서 참는다."

배에서 내려 그의 차에 오르자마자 휴대전화가 요란하게 울렸다.

"어, 오빠!"

—어디야. 배에서 내렸어?

"응, 지금 차 탔어. 금방 갈게."

—그래. 조심해서 올라와. 이 서방한테도 운전 조심하라고 하고.

"와, 오빠는 호칭 전환이 무지하게 빠르다."

—이런 건 입에 빨리 붙여야 하는 거야. 얼른 와. 네 새언니 상다리 부러지게 저녁상 차린다고 새벽부터 난리야.

"응, 오빠. 이따 봐."

전화를 끊자 뾰로통해진 그의 목소리가 들려왔다.

"그 오빠 참 부럽네."

"뭐가요?"

"그리고 참 지혜로우셔. 호칭 전환도 빠르시고."

"그렇죠? 우리 오빠가 좀 그래요."

"심오르. 또 눈치 없는 척한다."

생글거리며 웃는 나를 향해 그가 의미심장한 눈빛을 보내왔다.

"나도 한 번만 그렇게 불러 봐."

"어떻게요?"

"오빠라고 한 번만 불러 보라고."

"아니. 오빠에 왜 이렇게 목을 매요? 옛날부터."

"네가 오빠, 오빠 할 때마다 미치겠단 말이야."

그의 솔직한 발언에 실실 웃음이 흘러나왔다. 카리스마 철철 넘치는 사장님이 내 앞에서는 떼쓰는 아이같이 변해 버리니 이를 어찌할꼬.

"여보."

두 눈을 동그랗게 뜨고 그를 바라봤다. 내 말에 그의 얼굴이 순식간에 밝아졌다.

"우리가 남매예요? 호칭 정리는 제대로 해야지. 그죠, 여보?"

운전석 쪽으로 몸을 기울여 그의 얼굴을 살폈다. 그 순간 그의 입술이 빠르게 다가왔다.

말캉하게 머금고 짜릿하게 빨아들이는 그의 키스는 언제나 옳았다. 하지만 나는 그의 어깨를 슬쩍 밀어내며 입술을 떼어 냈다.

"밖에 다 보여요."

"좀 보이면 어때?"

"내가 막 달아올라서 당신 덮치고 그러는 거 사람들이 다 봤으면 좋겠어요?"

내 물음에 그는 말문이 턱 막힌 듯 대답을 잇지 못했다. 대체 무슨 상상을 했는지 몇 번 입맛을 다신 그가 읊조리듯 말했다.

"그렇지. 그러면 안 되지."

그의 얼굴은 다시 발갛게 변해 있었다. 나는 그의 손을 꼭 잡으며 빙긋이 웃었다.

장거리임에도 그는 항상 주말이면 섬까지 나를 보러 내려오곤 했다. 나도 그를 만나러 배를 타고 목포까지 나간 적이 있었고. 으슥한 곳에 차를 세워 놓고 야릇하고 오붓한 시간을 보내기도 했었다.

이젠 추억이 된 그때를 떠올리며 그를 흐뭇하게 바라봤다.

그와 손을 잡고 눈에 익은 허름한 골목으로 들어서는 것은 낯설기만 했다.

"오빠, 나 왔어."

"형님, 저희 왔습니다."

"세상에, 아가씨. 이게 얼마 만이야. 그동안 한 번도 안 올라오고!"

"왔어? 오느라 고생했네."

치킨 가게 작은 홀에는 오빠 말대로 상다리가 부러질 만큼 많은 음식이 차려져 있었다.

"얼른 앉아요. 식사부터 해요."

"네."

퇴근할 때면 가게에 들러 종종 저녁 식사를 하곤 했다는 그는 자연스레 주황색 인조 가죽 의자에 앉으며 미소를 지었다.

식사를 하는 내내 내가 이 집 식구인지, 아니면 그가 이 집 식구인지 모를 정도로 화기애애한 분위기가 이어졌다.

"뭐, 말해 봐야 소용없는 거긴 한데. 결혼 전까지는 둘 다 좀 자제해."

"이이는. 별소리를 다 해."

"그래도 시집갈 때까지는 내가 데리고 있어야 하는데. 이거 원."

치킨 가게를 나서는 길, 오빠는 아쉬움과 걱정이 섞인 잔

소리를 늘어놓았다.

"노력은 하겠지만 지킬 수 있을지는 저도 잘 모르겠습니다, 형님."

"참 뻔뻔해. 어떻게 내 동생이 이렇게 뻔뻔한 놈을 만났을까."

"그러게 말이야, 오빠."

까르륵거리는 웃음이 튀어나왔다. 그런 나를 보며 오빠도 그제야 환한 미소를 지었다.

"보기 좋다."

내 웃음이 보기 좋다는 말인 것도 같고, 우리 두 사람이 보기 좋다는 말인 것도 같았다. 이렇게 한가족이 되는 게 좋다는 말인 것도 같아서 가슴 한쪽이 뜨겁게 달구어졌다.

골목을 빠져나와 공용 주차장에 주차되어 있는 그의 차에 올랐다. 이미 밖엔 어둠이 짙게 내려 있었다.

오빠 내외와 헤어지니 괜한 미안함과 고마움이 밀려왔다. 그건 곁에 있는 이 사람에게도 마찬가지였다.

"고마워요. 우리 가족들한테 잘해 줘서."

"그나저나 참 요리를 잘하셔. 어쩜 반찬들이 내 입맛에 딱 맞지?"

모르는 척 너스레를 떠는 그의 손을 꼭 잡았다. 자상한 그의 목소리가 이어졌다.

"너한테 부모님이나 다름없는 분들이시잖아. 그럼 나한 테도 부모님이나 다름없는 거야. 네 마음 충분히 알겠으니 까 나한테 그렇게 겸연쩍은 표정 짓지 마. 그럼 나 속상해."

어린아이 같은 그의 장점은 정말 솔직하다는 것이었다.

"근데 그 부추김치는 좀 싱겁지 않았어?"

이렇게 말이다.

커다란 그의 손을 끌어다 손등에 쪽 하고 입을 맞췄다. 그러자 빙긋이 미소를 지으며 그도 내 손을 끌어다 손등에 입을 맞췄다.

"아, 살맛 난다."

그리 말한 그는 콧노래까지 불러 가며 차를 몰았다. 당연 히 그의 아파트로 향할 줄 알았거늘 아파트와 정반대 방향 으로 달리기 시작한 차는 잘 정비된 주택가 앞에서 멈춰 섰 다.

그가 선바이저에 달린 버튼을 누르자 바로 앞에 보이는 차고 문이 열렸다.

그곳에 차를 주차한 그는 운전석에서 내려 경쾌한 걸음 으로 보닛을 돌아와 조수석 문을 열어 주었다.

"처음 와 보지?"

나는 고개를 끄덕이며 차에서 내렸다. 차 문을 닫은 뒤 그는 내 어깨를 감싸 안은 채 집 안으로 이끌었다.

둘이 살기엔 너무 넓다 싶을 정도로 큰 2층 집은 텅 비어 있었다.

"우리가 같이 꾸며야 할 집. 그리고."

그는 재킷 주머니에서 작은 상자를 꺼내 내게 내밀었다.

"네가 껴야 할 반지."

그에게 미안하고 고마웠다. 나의 입술 사이로 묘한 감정이 뒤섞인 웃음이 흘러나왔다.

"그날 네가 그렇게 떠나지 않았다면 여기 왔을 거야. 그리고 이 반지를 건넸을 거고."

"괜히 미안하네요."

"안 미안해도 돼. 덕분에 너랑 찐한 연애도 해 봤으니까. 그땐 널 차지하고 싶어서 안달이 나 있었는데 지금은 달라."

그의 어깨 위에 양손을 올린 채 마주 보고 서서 물었다.

"어떻게 다른데요?"

"마음가짐이 달라. 평생 노력할게. 서운하고, 아쉽고, 안타깝지 않도록. 너와 함께하는 모든 순간을 다 소중히 아끼고 사랑할게."

어쩌다 이렇게 멋진 남자를 만났을까 싶은 생각에 눈물이 핑 돌았다.

"고마워요. 근데 집이 너무 넓다."

"우리 둘이 살기엔 너무 넓지?"

고개를 끄덕이는 나를 보는 그의 표정이 의미심장하게 변해 갔다.

"딱 네 명만 낳자."

"뭐라고요?"

"아들 둘, 딸 둘. 딱 넷만 낳자. 집이 너무 크면 채우면 되잖아. 그럼, 지금부터 열심히 노력해야겠네?"

"꺅!"

그는 나를 번쩍 안아 들고는 1층 가장 안쪽에 있는 방으로 향했다.

"침대는 있나 봐요?"

"왜 그게 침대에서만 가능하다는 생각을 하는 거지?"

"짓궂어, 정말."

"속으론 좋아하는 거 다 알아."

그가 향한 방 한가운데에는 커다란 침대가 놓여 있었다. 푹신한 침대 위에 나를 내려놓은 그의 눈빛이 깊어졌다. 나를 바라볼 때면 언제나 깊은 감정으로 타오르는 그의 눈빛이 한없이 좋았다.

"사랑해요."

그의 눈동자가 반짝 빛났다.

"처음이네. 네가 그렇게 말한 건."

"엄청 아껴 뒀어요."

"이제 아끼지 마."

고개를 끄덕이며 내 목덜미에 얼굴을 묻는 그를 꼭 끌어 안았다.

이제 감정을 아낄 필요도, 아낄 이유도 없었다. 그저 마음껏 사랑하면 될 뿐.

epilogue 2

타 오 르 다, 사랑

대회가 진행 중인 호텔 그랜드볼룸 안에는 열띤 분위기
가 흐르고 있었다. 오빠는 단상 위에 마련된 조리대에서 요
리를 하며 굵은 땀을 쏟아 냈다.

　"아가씨, 우리 그이 제법이죠? 여기까지 올라올 줄은 정
말 몰랐다니까."

　"그러게요. 파이널까지 왔으니까, 꼭 우승했으면 좋겠어
요."

　오빠가 케이블사와 식품 유통 관련 대기업에서 주최한
신메뉴 개발 요리 서바이벌 프로그램에 출연한 것은 6개월
쯤 전이었다. 예선을 통과하기 전까지는 가족들에게도 입을

꾹 다물어야겠다 싶었는지 오빠는 프로그램이 방송되기 직전에서야 TV 앞에 앉아 무심하게 말했다고 한다.

"나 저기 나온다."

그날 호들갑을 떨며 전화를 걸어 온 새언니의 목소리가 아직도 귓가에 생생했다.

─아가씨, 나 이이랑 이혼해야겠어. 세상에 텔레비전에 나오면서 나한테 말도 안 한 거 있지?

말은 그렇게 했어도 새언니의 목소리에는 자랑스러움이 가득했다. 예선 통과로 텔레비전에 얼굴을 비친 것만으로 신기하건만, 오빠는 최종 결선까지 진출해 지금 눈앞에서 쟁쟁한 셰프와 맞대결을 펼치고 있었다.

30분간의 조리 시간이 끝나자 요리 연구가를 비롯한 심사 위원들이 음식 맛을 보기 시작했다.

손에 땀이 흥건히 배어났다. 굳어 있는 오빠의 긴장한 얼굴은 멀찍이에서도 보일 정도였다. 2등을 해도 큰 상금을 받기는 하지만 오빠는 꼭 우승을 하고 싶다고 했다.

"내 동생한테 폐 끼치는 오빠는 되기 싫다. 우승하면 상금도 받고, 우승자가 개발한 요리를 중심으로 대기업에서 프랜차이즈 사업도 시작할 거래. 본점 운영권도 주고, 프랜차이즈 지분도 준다더라. 열심히 벌어서 매부한테 진 빚 갚을 거야. 너 그것 때문에 그동안 주눅 들고 그랬던 거 아니지?"

아니야, 이제 내가 갑이라니까. 이렇게 말할 수는 없어 그저 고개만 끄덕였다.

"아, 어떡해! 이제 심사 위원들 점수 매기나 봐요."

나는 고개를 돌려 바들바들 떨고 있는 새언니의 얼굴을 바라봤다. 오빠가 우승에 욕심내는 가장 큰 이유는 바로 내 옆에 서 있는 새언니 때문일 거라 생각됐다.

"잘될 거예요, 언니."

"꼭 우승했으면 좋겠어요. 저 사람이 얼마나 열심히 준비했는데. 결승 주제가 닭이라고 해서 가게 부엌에서 닭을 수천 마리나 잡았어요. 아가씨 좋은 데로 시집가고 나니까, 친정이 너무 기우는 것 같다고 속상해하면서."

"그런 생각 안 해요. 그이도 그런 생각 안 하는데……."

"은솔이 고모부 그런 생각 안 하는 거 알죠. 없던 가족 생겼다고 우리한테 엄청 살가운 사람인데……. 저이 자격지심인지도 모르겠지만. 암튼 꼭 우승했으면 좋겠어요."

꼭 모아 쥔 새언니의 손이 파르르 떨렸다. 지금 이 순간 그 누구보다 떨리는 사람은 오빠일 테지만 말이다.

❀　　❀　　❀

허름한 치킨 가게 문을 열고 들어서자 함박웃음을 짓고 있는 그녀의 얼굴이 눈에 들어왔다.

"형님, 축하드립니다. 실검 1위 하셨던데요?"

"어우, 가게에 전화 계속 오고 난리도 아니에요. 로또라도 맞은 것 같다니까요."

"이 사람이! 로또는 무슨 로또야? 내가 노력해서 받은 상인데."

"에이, 말이 그렇다는 거지."

두 사람의 깨알 같은 승강이는 여전했다.

"저녁은 먹었어요?"

"응, 회사에서 간단히 먹었어. 이제 갈까?"

고개를 끄덕이며 미소 짓는 그녀의 얼굴이 오늘따라 더없이 예뻐 보였다.

이제는 익숙해진 동네 공용 주차장으로 걸어가 세워 놓은 차에 오르자 한껏 들뜬 그녀의 목소리가 들려왔다.

"오빠 되게 좋아하는 것 같아요."

"그래서 우리 사모님 기분도 좋으신가?"

그녀는 발그레한 얼굴로 아리따운 미소를 머금으며 고개를 끄덕였다.

"성질 급하고, 고집 세고, 본인이 옳다고 생각하면 그대로 밀고 나가는 오빠가 있어서 좋아?"

"뭐라고요?"

발끈하는 그녀의 되물음에 나는 장난기 어린 표정을 지으며 말했다.

"당신이랑 닮은 핏줄이 있다는 거 좋으냐고."

아무렇지 않은 척하며 물으려고 했는데 내가 듣기에도 내목소리는 참으로 쓸쓸했다. 그녀는 무언가 골똘히 생각에 빠진 듯 대답을 머뭇거렸다.

"알고 싶어요?"

"응, 알고 싶어."

"그럼, 내가 알게 해 줄게요."

어떻게 알려 주겠다는 건지 그녀의 발그레한 볼이 예쁘게 솟아올랐다.

집에 도착하자마자 그녀는 수줍은 미소를 지으며 침실에 있는 욕실로 향했다. 평소 침대 위에서의 정숙함은 미덕이 아니라는 듯 언제나 농염한 자태를 드러냈는데 어쩐지 오늘은 그녀의 뺨이 뜻 모를 기대감과 수줍음으로 가득 차 있었다.

먼저 샤워를 마친 나는 어젯밤에 읽던 책을 집어 들고 침대에 몸을 뉘였다. 욕실 안에서 희미하게 들려오던 물 떨어지는 소리가 그쳤다. 그러자 괜한 기대감에 단전 아래가 묵직해져 왔다.

욕실에서 나온 그녀는 화장대 앞에서 얼마간의 시간을 보낸 뒤 좁다란 복도를 따라 걸어 나왔다. 그런 그녀를 보며 난 내 옆자리를 손으로 탕탕 치고 빙그레 웃었다.

그런데 그녀는 옆에 다가와 눕는 대신 침대가에 앉아서는 사뭇 진지하게 얼굴을 굳혔다.

"왜, 무슨 할 말 있어?"

"오늘부터 안 했으면 좋겠어요."

"뭐?"

어이없는 물음이 툭 하고 튀어나왔다.

"피임이요."

그리 말하는 그녀의 얼굴은 빨갛게 달아올라 있었다. 아들 둘에 딸 둘. 자식을 넷이나 낳자며 그녀에게 으름장을 놓기는 했지만 둘만 있고 싶다는 생각에 피임을 하지 않았던 적은 단 한 번도 없었다.

"갑자기 왜?"

"당신 닮은 아이 낳아 주려고요."

그것도 모르겠냐는 듯 그녀는 토라진 표정을 지으며 입술을 샐쭉하게 내밀었다. 저럴 때마다 본인이 얼마나 사랑스러운지 그녀는 모르는 듯했다.

"이리 와."

"정성을 다해서 안아 줘야 해요. 그게 태교의 시작이랬어요."

"당연하지."

나는 멀찍이 앉아 있는 그녀의 팔을 끌어당겼다. 그녀는 못 이기는 척 내 품에 쏙 안겼다. 그리고 서로를 탐식하듯 입술을 머금었다.

나와 그녀를 닮은 아이라. 상상해 보지 않은 건 아니었지만, 그녀의 입을 통해 듣는 순간 그 존재에 대한 갈망이 갑자기 그 몸집을 무섭게 부풀려 갔다.

내가 수월하게 품을 수 있도록 준비라도 했는지 그녀의 몸에는 얇은 실크 슬립만이 걸쳐져 있을 뿐이었다. 그녀를 끌어안아 가슴에 밀착시킨 채 오른손으로 허벅지를 쓸어 올려 곱게 오므려져 있는 하얀 두 다리 사이를 파고들었다.

이미 매끈하고 따뜻한 애액으로 젖어 있는 곳에 손가락을 가져다 댔다. 그러자 그녀가 손을 뻗어 내 머리카락 속을 휘감아 잡았다. 깊게 맞닿았던 혀끝을 빼내고 그녀의 입술에 자잘한 입맞춤을 남기자 그녀의 숨결이 느껴졌다.

　나는 깊게 숨을 들이마시며 그녀의 숨이 풍기는 향을 느꼈다. 취한 듯 머릿속이 몽롱해졌다. 반쯤 감은 눈 사이로 보이는 그녀의 모습 역시 나에게 취해 있는 듯했다.

　"하아…… 오르야."

　"음."

　기대감에 쉬어 있는 그녀의 목소리를 들으니 더 이상의 전희는 무의미하다고 생각됐다. 실크 슬립을 벗겨 내고, 그녀의 손에 내 파자마가 벗겨지는 동안 벅찬 숨소리가 저절로 흘러나왔다. 옷을 모두 벗고 나는 그녀의 고운 살결 위에 단단한 몸을 얹으며 감탄했다.

　"아아."

　깊고 좁은 뜨거운 길로 미끄러져 들어가는 동안, 그간에는 맛볼 수 없었던 묘한 쾌감이 일었다. 얇은 막 없이 그녀의 안을 차지하는 일은 처음이었고, 온전히 그녀의 속살이 딱딱한 물건을 감싸 온 것도 처음이었다.

　천천히 허리를 돌리며 그녀의 속살을 간지럽혔다. 그녀가 조용히 속삭였다.

　"하아, 너무…… 좋아요."

　"나도…… 그래."

천천히 안을 파고들었다가 그보다 더 느릿하게 쓸고 나오자 그녀가 못 견디겠다는 듯 골반을 들썩거렸다. 가냘픈 두 다리로 어떻게든 해 보겠다는 듯 허벅지를 비볐다가 허리를 감싸는 그녀의 움직임에 머릿속이 하얗게 비어 갔다.

그와 동시에 파고들었다가 빠져나오는 나의 움직임도 속도를 더해 가기 시작했다. 아무런 가름막 없이 예민한 살결이 마찰하여 만들어 내는 소음은 무척이나 색정적이었다. 찰박거리는 소리가 더해질수록 그녀는 참을 수 없다는 듯 신음을 내질렀고, 나 역시도 뜨거운 숨을 훅훅 내쉬었다.

두 눈을 꼭 감은 채 그녀는 내 어깨를 끌어안으며 빗장뼈 근처를 깨물기 시작했다. 절정이 다가오고 있다는 증거였다.

절정을 온전히 나누는 것, 동시에 그것을 같이 흘려보내는 것은 남녀 모두가 고대하는 순간이 아닐까. 나는 때를 맞추기 위해 허리 운동에 박차를 가하기 시작했다.

멀어질 때는 함께 골반을 뒤로 빼고, 가까워질 때는 퍽 하는 소리가 날 정도로 골반을 들이미는 그녀의 움직임 덕에 우리의 몸은 한 치의 오차도 없이 딱 맞아 들어갔다.

그녀의 신음성이 흐느낌에 가까워지려는 순간, 힘껏 몸 한가운데를 조여 오는 살결의 움직임이 느껴졌다. 동시에 첨단이 열리고 그녀의 몸 안 깊숙한 곳까지 나의 흔적이 퍼져 나갔다.

정성을 다해 그녀를 안은 그날 밤이었는지. 살결 맛을 알고 난 후 다시 한 번 열정적으로 그녀를 안았던 그 순간이었는지. 다음 날 아침이었는지.

내 삶의 또 다른 목표가 생긴 순간이 언제인지 정확히 알수 없었다.

✿　　　✿　　　✿

우다다닥. 현관을 향해 달려오는 작은 발걸음 소리가 들렸다. 저 발걸음 소리의 주인공 때문에 나의 귀가 시간은 하루가 다르게 앞당겨졌다.

"아빠 왔다아!"

"다녀오셨어요."

두 손을 모으고 공손하게 허리를 굽히는 모양새가 제법이다. 아이는 나의 손을 잡고 서재로 이끌었다.

"아빠, 아빠. 이것 봐요."

아이를 위해 서재 벽 한쪽을 흑색 칠판으로 꾸며 놓았는데, 그 한가운데에 아이가 그린 그림이 붙어 있었다.

"이게 뭐야?"

"유치원에서 가족을 그리라고 해서 그렸어요."

"잘 그렸네."

아이의 머리를 쓱쓱 쓰다듬어 주는 동안 그녀가 빙긋이 미소를 머금은 채 다가왔다.

"얼른 씻어요, 저녁 먹어야지."

"아니, 아니. 설명부터 듣고. 내가 말하는 거 듣고 밥 먹어요."

날 닮은 애를 낳아 준다던 그녀는 자신과 똑같은 아들을 낳아 버렸다.

"녀석 고집은 누굴 닮은 거야?"

"당신 닮았죠. 나만 고집 센 줄 아나 봐?"

빙긋이 웃으며 곱게 눈을 흘기는 그녀의 볼에 입을 맞췄다. 그 모습에 뾰로통하게 입을 내민 아이가 투덜거렸다.

"칫. 내 말은 안 듣고."

"우리 아들. 엄마, 아빠가 들어 줄게. 무슨 이야긴데?"

연필을 한 자루 집어 든 아이는 마치 대단한 발표라도 앞둔 것처럼 표정을 굳혔다.

"이건 아빠예요."

아이는 그림 속 나의 머리 위에 또박또박 글자를 쓰기 시작했다.

타.

아이가 쓴 글자는 내 이름이었다.

"그리고 이건 엄마예요."

누가 봐도 어여쁜 모습을 한 그림 속 그녀의 머리 위에 이름이 쓰였다.

오르.

"그리고 이건 나예요."

다.

내 전부인 아들의 이름은 '모두 다(朶)'를 써서 '이다'가 되었다.

"그런데요. 이렇게 끝나면 안 되잖아요."

"응? 끝나다니?"

아이가 그림 위에 써 놓은 글자들을 조합해 보니 기가 막힌 단어가 읽혀졌다.

"타오르다."

아이는 내 말에 고개를 끄덕이며 말을 이었다.

"엄마 배 속에 동생 있잖아요. 그래서요."

고심하던 아이는 그림 속 그녀의 배 옆에 두 글자를 조심
스레 적었다.

사랑.

고개를 갸웃하는 그녀와 나를 보고 아이는 득의양양한
표정으로 말했다.

"타는 걸 생각하니까 다 무서운 것만 떠올랐어요. 근데요,
엄마가 날 꼭 안아 줄 때. 아빠가 퇴근하시고 집에 들어오실
때. 유치원에서 하은이가 나한테 말 걸어 줄 때마다. 험! 이
건 비밀인데."

그 모습에 쿡 하고 웃음을 터뜨렸다. 나무라듯 나를 향해
눈을 흘긴 그녀가 아이에게 물었다.

"그때마다 어떤데?"

"여기가 따뜻해요."

가슴을 문지르며 아이가 해맑게 웃었다.

"내가 엄마, 아빠 사랑해서 그런 거죠? 엄마, 아빠도 나
사랑해서 그런 거고. 그래서 여기가 따뜻해져요."

"그래서 사랑은 타올라도 된다. 그게 우리 아들의 결론인
가?"

내 물음에 아이는 바로 그거라는 표정을 지으며 고개를

끄덕였다. 배시시 웃으며 몸을 흔드는 아이의 머리를 기특하다는 듯 쓰다듬어 주었다.

"얼른 씻고 식사부터 해요. 아들! 손 씻고 와."

"네!"

욕실을 향해 달려가는 아이의 뒷모습을 바라보며 나는 그녀의 어깨를 감싸 안았다.

"날 닮아서 애가 참 똑똑해. 이제 일곱 살인데 프레젠테이션 실력이 수준급이잖아."

"허이구. 언제는 나 닮아서 고집 세고, 성격 급하다면서요?"

"보니까 우리 어머니를 많이 닮은 것 같아. 그림 봐 봐. 저게 어디 유치원생 그림이야?"

"와, 그러게요. 당신을 그렇게 쏘옥 빼닮았으면, 당신도 우리 아들처럼 첫사랑이 빨랐나 보다. 하은이가 첫사랑인 것 같은데?"

괜히 뾰로통한 표정을 짓는 그녀의 입술에 살포시 입술을 겹쳤다. 수만 번 말해도 그녀는 믿기지 않는다는 듯 묻고, 또 묻고, 계속해서 물어 왔다.

"알잖아. 당신이 처음인 거."

"그럼 그건 날 닮았나?"

그녀는 새초롬한 미소를 지으며 고개를 갸웃했다.

"사랑해."

"나도 사랑해요."

임신 6개월 차에 접어든 그녀는 언제나 내 가슴을 타오르게 했다.

"오늘 이다 태권도 학원 갔다 왔나?"

"응, 갔다 왔어요. 왜요?"

"그럼 일찍 곯아떨어지겠네?"

"사랑아, 귀 막아. 아빠가 맨날 이렇게 음흉하지는 않아."

볼록 나온 배를 쓰다듬으며 그녀가 빙긋이 웃었다.

아이의 말처럼 세상에서 타올라야 할 것이 있다면 그건 바로 사랑이었다.

타 오 르 다, 사랑!

—The End

작가 후기

〈마지막 연애〉 작업 후, 눈만 마주치면 타오르는 남녀의 이야기가 쓰고 싶어졌습니다.

이 글은 그렇게 제목이 먼저 정해졌지요. 그러다 제목이 두 사람의 마음뿐만 아니라, 주인공 그 자체라면 어떨까 하는 생각이 들었습니다. 그렇게 남자 주인공의 이름은 이타, 여자 주인공의 이름은 심오르가 되었습니다.

처음 구상했던 이야기는 남자 주인공은 투자 전문가고, 여자 주인공은 남자 주인공의 투자로 집안 대대로 내려오는 목장을 빼앗기게 되는 설정이었습니다.

여자 주인공의 취미는 말을 타고 목장을 둘러보는 일이

었고요. 푸른 초원을 내달리는 여자 주인공의 모습을 보고 남자 주인공이 심쿵 하는 장면을 머릿속으로 수만 번 그려 보았답니다. 이렇게요.

산들바람이 부는 푸른 초원 위, 저 멀리서 누군가가 다가 오는 것이 느껴졌다. 빠른 속도로 짐작건대 사람이 아님은 분명했다. 그런데 다가오는 이가 무엇인지 분간될 만큼 가까워지자 입에서 탄성이 저절로 흘러나왔다.

따사로운 햇살 아래 빛나는 갈색 갈퀴를 휘날리며 탄탄 하게 자리 잡은 다리근육으로 리드미컬한 말굽 소리와 함께 달려오는 종마. 그 위에는 낭창한 몸을 위아래로 우아하게 흔들며 리드하는 그녀가 있었다.

어쩐지 어디서 많이 본 영상을 설명하고 있는 것 같았습 니다. 네, 맞아요. 여러분이 생각하시는 그거요. 그래서 안 되겠다 싶어 저 구상은 그냥 묻어 버렸습니다.

산들바람 같은 오르를 떠올리자, 그녀의 위안을 받을 만 한 남자 주인공을 만들어야겠다는 생각이 들었습니다. 극적 효과를 높이기 위해 세상에 혈혈단신 혼자가 된 그를 구상 했고요.

그 이후로는 두 주인공이 스스로 엮어 가는 것처럼 술술

이야기가 풀리기 시작했지요. 비록 둘뿐이지만 따뜻한 가족애를 지닌 오르와 오담. 자신만의 세상을 호령하고 있지만 가슴을 채워 줄 누군가가 없는 이타.

두 사람이 그리는 이야기에 마음속이 뜨뜻해지셨는지 모르겠습니다.

'타, 오르' 처럼 글의 마지막을 함께하신 오늘만큼은 사랑으로 불타오르시길!

덧붙임: 작가 조련에 능하신 팀장님들께 감사 인사를 전하며…….

2015년 뜨거운 여름
—이서원 드림.